Kate Walker

El diablo y la señorita Jones

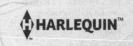

HARLEQUIN™

Editado por HARLEQUIN IBÉRICA, S.A.
Núñez de Balboa, 56
28001 Madrid

I.S.B.N.: 978-84-687-3584-9
Depósito legal: M-21991-2013
Editor responsable: Luis Pugni
Fotomecánica: M.T. Color & Diseño, S.L. Las Rozas (Madrid)
Impresión en Black print CPI (Barcelona)
Fecha impresion para Argentina: 21.4.14
Distribuidor exclusivo para España: LOGISTA
Distribuidor para México: CODIPLYRSA
Distribuidores para Argentina: interior, BERTRAN, S.A.C. Vélez
Sársfield, 1950. Cap. Fed./ Buenos Aires y Gran Buenos Aires,
VACCARO SÁNCHEZ y Cía, S.A.

Capítulo 1

Q UÉ demonios...! –exclamó Carlos Ortega sorprendido.

No era posible que fuera real lo que estaba viendo. Tenían que ser imaginaciones suyas.

Iba en una moto de gran cilindrada por una estrecha carretera comarcal y aflojó el pie del acelerador para reducir la velocidad. Eso le permitiría analizar mejor la situación. Miró al frente con el ceño fruncido, sin poder dar crédito a lo que estaba viendo.

No había tomado más de un par de cervezas la noche anterior, pero sí había oído historias de fantasmas y apariciones locales.

Había una leyenda que decía que, en esa carretera, se aparecía a menudo el espíritu de una novia abandonada al pie del altar, que había muerto con el corazón destrozado, languideciendo por el hombre al que una vez había amado y que la había dejado plantada de esa forma tan cruel y humillante.

Él nunca había creído en esas cosas. Había pasado un par de días muy tranquilos en aquel lugar apartado del mundo y se había divertido mucho escuchando aquellas supersticiones la noche anterior en el bar del viejo hostal en el que se había alojado. Pero ahora...

–¡No puede ser! –volvió a exclamar él, con una sonrisa de escepticismo, negando con la cabeza cubierta por el casco.

Era casi la misma sonrisa que había puesto la noche

anterior cuando escuchó la leyenda de la mujer de blanco de la carretera. Había bajado al bar, porque por primera vez en su vida se había sentido solo en la habitación y había buscado algo de compañía.

Había ido allí en busca de paz, para reencontrarse consigo mismo y tratar de olvidar todo lo que había dejado atrás. Por eso había elegido aquel lugar tan lejos de su hogar.

Argentina ya no era su hogar. Pero ¿podía haber algún lugar en el mundo al que pudiera llamar su hogar? Tenía varias casas repartidas por diversos lugares del mundo, en las zonas más caras y exclusivas, en las que cualquiera se sentiría feliz viviendo. Pero no tenía sus raíces en ninguna de ellas. No era allí donde él pertenecía, donde su familia...

¡Su familia!

Esbozó una sonrisa irónica.

¿Qué familia? Él no tenía ya ninguna familia.

Todo se había esfumando de un soplo, como por encanto. Solo le quedaba su madre. Una madre infiel y mentirosa, que nunca le había querido. Él no sabía su apellido. Era un hombre sin identidad. Su madre nunca le había dicho quién había sido su padre. Toda su vida había sido aparentemente una ficción, una mentira, hasta que su abuelo le había contado la verdad. Una verdad que le había dejado confuso y había echado por tierra todas esas cosas en las que había creído.

Así que esas historias que había escuchado en el bar habían sido para él una diversión. Le habían ayudado a pasar la noche. Pero, por la mañana, con la luz fría de principios de abril, los fantasmas, los demonios y todas esas cosas irracionales estaban fuera de lugar.

Y sin embargo...

Los lados de la carretera estaban ocultos por una es-

pesa niebla. Le resultaba muy difícil ver lo que había
en la cuneta de la izquierda. Creyó ver una imagen que
aparecía y desaparecía.

Sí, estaba allí. Era ella.

Una mujer. Alta, escultural y pálida. A través de la
niebla, pudo observar que tenía el pelo dorado como
la miel y que llevaba un extraño velo blanco vaporoso,
que le cubría toda la cara, y un vestido largo también
blanco que le llegaba hasta los pies. Tenía los brazos
desnudos, igual que los hombros, y una piel muy pálida, casi tan blanca como el ajustado corpiño que resaltaba sus pechos, esbeltos y bien formados.

¿Una novia?

Sí, tenía el aspecto de una novia, vestida para la
boda. Exactamente igual que la de la leyenda de esa
novia fantasma de la que le habían hablado la noche
anterior en la barra del bar. Pero, sin duda, la mujer que
ahora estaba viendo al lado de la carretera, sosteniendo
extrañamente un bolso de color azul muy elegante y
moderno, no era ningún fantasma.

Tenía además el pulgar de la mano derecha levantado como si estuviera haciendo autostop.

Detuvo la moto a escasos metros de ella.

–¡Oh, gracias a Dios! –exclamó la mujer.

Sí, la voz era real. No habían sido imaginaciones suyas. Suspiró aliviado.

No se trataba de ningún fenómeno paranormal. Era
una mujer real, de carne y hueso. El susurro suave de
su vestido de seda al acercarse a él no era el de ningún
espíritu de ultratumba.

Pero ¿qué demonios estaba haciendo allí?

–¡Oh, gracias a Dios!

La exclamación se escapó de los labios de Martha

de forma involuntaria, al ver la moto deteniéndose frente a ella al otro lado de la carretera.

Por fin ya no estaba sola. Había otra persona más en el mismo lugar que ella. Un hombre. Un hombre alto y fuerte había aparecido en la carretera. Alguien que podría ayudarla y tal vez incluso llevarla a un lugar seguro y cálido antes de que acabara congelándose. Hizo un esfuerzo por acercarse a él y tratar de que la sangre volviera a circular por sus venas.

No era la primera vez que había maldecido el impulso romántico que le había llevado a querer celebrar su boda en aquel lugar solitario. Haskell Hall, con sus espléndidos salones y jardines, y alejado de la civilización lo suficiente como para no despertar el interés de los paparazzi, le había parecido el sitio ideal. Un lugar de ensueño para celebrar su boda. Una fantasía hecha realidad. Allí podría gozar de intimidad en un día tan especial. Después, a nadie le importaría quién era ella ni por qué había cambiado su vida de manera tan radical.

Recordó que aquel día había hecho muy buen tiempo, con un sol radiante y un cielo limpio y azul. Ahora, por el contrario, era una mañana desapacible y nebulosa. Hacía un frío que se calaba hasta en los huesos.

Llevaba un buen rato caminando por la carretera. Nunca había imaginado que el viaje pudiera hacérsele tan largo. Siempre había soñado con ir en un coche de caballos camino de su luna de miel, con su esposo al lado, como en los cuentos de hadas. Pero ahora daría cualquier cosa por poder ir con unos vaqueros y un suéter de cachemir en un automóvil moderno y confortable con calefacción. Aunque, a pesar de la mañana tan fría que hacía, era mucho más el frío que sentía interiormente.

Hubiera deseado tener unas buenas botas de cuero en vez de las elegantes bailarinas de satén con adornos de pedrería que llevaba ahora. Estaban totalmente empapadas y tenía la sensación de ir andando casi descalza por el pavimento áspero de la carretera.

El peinado se le había estropeado con la humedad. Y el maquillaje, que con tanto esmero se había aplicado unas horas antes, se le había corrido por toda la cara.

El hombre con el que iba a casarse seguiría aún probablemente en algún lugar de aquel complejo residencial, tratando de borrar las evidencias de su pasión sucia e ilícita. Una pasión que él nunca había sentido por ella, pues todo había sido solo una farsa por su parte.

—Por favor, pare...

Quiso correr hacia su salvador, pero apenas podía andar con aquel vestido largo que se le enredaba entre los pies.

Ya habían pasado antes dos coches, pero no estaba segura de que la hubieran visto con la niebla, ni tampoco de que se hubieran parado si la hubieran visto con aquel traje de novia, todo salpicado de barro, y a varios kilómetros del lugar civilizado más cercano.

De lo que sí estaba segura era del frío que sentía. Tenía todos los músculos entumecidos. No sentía los pies, las manos eran casi dos bloques de hielo y la cara le escocía del frío.

Había pensado que ese día sería el comienzo de un largo período de felicidad. Pero, para que eso fuera así, Gavin debería haber sido el príncipe con el que siempre había soñado, en lugar del sapo horrible que había resultado ser. Aunque, después de todo, podría haber sido peor. Si se hubiera dejado cegar por la idea de que entre ellos había un amor maravilloso, su relación podría haber acabado de forma más dramática.

Por fortuna, su instinto le había abierto los ojos antes de ver su corazón roto en mil pedazos. En todo caso, la conducta innoble y las palabras tan crueles que su exnovio le había dirigido habían destrozado, en gran medida, su autoestima como mujer.

El rugido del motor de la moto la devolvió al presente. Temió que su inesperado salvador apretara el acelerador en cualquier momento y saliese de allí a toda velocidad, dejándola completamente abandonada de nuevo.

–Por favor, por favor, no se vaya...

–No me voy a ir ninguna parte.

La voz sonaba algo amortiguada por el casco plateado que llevaba puesto. Y además parecía tener un acento muy extraño. Tampoco podría asegurarlo, dado el estado de angustia en el que se hallaba.

El hombre apagó el motor y se bajó de la moto. Era un hombre alto y moreno.

–Le prometo que no me voy a ir a ninguna parte –repitió él.

–¡Oh, gracias a Dios! –exclamó ella, suspirando, con los dientes rechinando de frío–. Yo...

–¿Qué demonios le ha pasado? –preguntó él, con tono de preocupación.

¿Qué podía responder ella? No podía pensar con claridad. Sentía el cerebro adormecido y una extraña sensación mezcla de alivio y temor al ver la figura fuerte y poderosa de aquel hombre acercándose a ella.

–¡No...! ¡Espere! –exclamó ella con voz firme y autoritaria, como si fuera una orden.

El hombre, sin hacerle caso, se acercó un poco más y se bajó la cremallera de la chaqueta de cuero. Llevaba unos pantalones vaqueros gastados y unas grandes botas de cuero negro.

–Póngase esto –dijo él, quitándose la chaqueta y echándosela a los hombros–. Parece que tiene frío.

–¿Frío, dice? Estoy congelada –replicó ella con voz temblorosa, sorprendida ella misma de haber podido pronunciar tantas palabras seguidas.

Apenas sentía los labios. Su boca era como un órgano ajeno a ella al que era incapaz de controlar. Un intenso escalofrío le hizo acurrucarse instintivamente en la chaqueta del desconocido. Se sintió embriagada por una sensación de calidez, acentuada por un profundo perfume mezcla de olor masculino y loción de afeitar. Parecía aliviada ya del frío, pero ahora sentía un extraño ardor por dentro que nada tenía que ver con la chaqueta sino con una inesperada respuesta sensual.

–Gra... gracias.

Estaba desconcertada y confusa. Había deseado tanto que alguien se parara para ayudarla en aquella inhóspita carretera que no se había parado a pensar en lo que haría luego. Pero ahora era el momento de hacerlo.

No conocía de nada a ese hombre. No tenía la menor idea de quién podría ser ni con qué intención podría haberse parado allí. Estaba sola e indefensa. Ni siquiera podía echar a correr con aquel vestido largo y estrecho que se le enredaba entre los pies a cada paso. Se había visto tan elegante con él la primera vez que se lo había probado que había llegado a sentirse incluso una mujer hermosa. Pero esa sensación no le había durado mucho. Gavin se había encargado de destruir su ilusión hacía apenas una hora.

Su crueldad la había impulsado a salir de la casa de forma precipitada, respondiendo a un loco deseo de escapar cuanto antes de aquella boda que se había convertido en una especie de infierno personal para ella.

Y ahora, posiblemente, tendría que intentar escapar

también del desconocido que se había parado, Dios sabía con qué intenciones.

Se apretó la chaqueta contra el cuerpo, tratando de infundirse ánimos, como si la prenda fuera una especie de escudo protector frente a un peligro potencial. Pero sintió, a la vez, deseos de quitársela y tirarla lejos como si se desprendiera así también de la amenaza que se cernía sobre ella. Incapaz de pensar con claridad, dio un par de pasos hacia atrás, pero tropezó con una mata de hierba y se torció un poco el tobillo, lanzando un grito de dolor.

El hombre acudió solícito a sostenerla cuando ya estaba a punto de caerse.

Tenía unas manos grandes y fuertes enfundadas en unos guantes de cuero negro.

—No me mire así, no tiene de qué tener miedo.

Ella advirtió de nuevo aquel acento exótico de su voz. Era extranjero, sin duda alguna. La idea de que no fuera de por allí le resultó muy atractiva.

—No tengo intención de hacerle daño, se lo juro —dijo él, mientras se aflojaba el casco y se lo echaba hacia atrás con la mano que tenía libre.

Tenía el pelo negro como el azabache y bastante largo. El viento soplaba fuerte.

Se apartó el pelo de la frente y se volvió hacia ella.

Martha miró extasiada su cuerpo alto y atlético, con aquellos pantalones vaqueros, aquellas manos grandes enfundadas en guantes de cuero negro y aquel rostro medio oculto bajo el casco plateado. Observó su tez tostada. No era la típica piel pálida de un inglés al final del invierno. Intuyó que tendría los ojos negros o castaño oscuros, pero se sorprendió al ver un par de ojos verdes, brillando como dos esmeraldas rutilantes y luminosas. Tenía los pómulos altos y unas pestañas negras y exuberantes. Hubiera podido decirse que tenía unos rasgos ligeramente afeminados, de no ser por su cuerpo tan atlético y su aspecto tan varonil. Era, sin duda, un hombre increíblemente sexy.

Y seguramente también muy peligroso. Esas pestañas tan largas y espesas producían un grato contraste con sus pómulos altos y marcados, su barbilla fuerte y rotunda y sus labios carnosos y bien delineados. Y para remate, aquellos impresionantes ojos verdes que parecían ocultar algún secreto inescrutable tras la oscura y densa red de sus pestañas.

¿Quién era ese hombre que había acudido a rescatarla? ¿Era un caballero con armadura de plata o era el mismo demonio?

—Créame, no tengo ninguna intención de hacerle daño.

El hombre volvió a repetir las palabras, tratando de darles un tono tranquilizador, pero tuvieron la virtud de producir en ella el efecto contrario. Tenía un acento demasiado extraño, demasiado exótico para el ambiente en el que ella acostumbraba a desenvolverse.

—¿Cómo puedo estar segura de eso?

Él suspiró y se apartó un mechón de pelo de la cara. Ella miró sus labios y sintió una reacción puramente femenina ante aquel espécimen glorioso de masculinidad que tenía delante.

Se sintió extrañada de su reacción. Era algo nuevo para ella, muy diferente de lo que había sentido hasta entonces por los hombres... incluido Gavin.

—Puedo darle mi palabra.

—¿Y qué puede significar eso para mí?

Su instinto de conservación parecía haberse despertado y reforzado. Su vida había cambiado. La dramática escena de la que había sido testigo presencial en el

Haskell Hall le había enseñado que debía tener, de ahora en adelante, mucho más cuidado en sus relaciones con los hombres.

Pero, paradójicamente, el recuerdo de aquella imagen suya, entrando en la habitación de Cindy, le producía una extraña sensación y un efecto contrario al esperado.

No sentía el menor deseo de reflexionar mucho sobre las cosas y pensárselas dos o tres veces antes de hacerlas, como hubiera sido lo razonable después de la experiencia vivida. Siempre había sido muy prudente y sensata hasta entonces, pero, de repente, empezaba a sentir unas ganas locas de sentirse libre de ataduras y convencionalismos.

Sensata era lo último que deseaba ser a partir de ahora.

Su vida había dado un giro de ciento ochenta grados. Se había trastocado y roto en mil pedazos y ya no habría forma humana de recomponerlos. Desde luego, las cosas ya no volverían a ser nunca como antes. Había sido una mujer sensata y razonable tal como la habían educado, y ¿a dónde la había llevado eso? A estar allí tirada en un páramo desierto, con un vestido de novia diseñado para una boda que al final no había reunido ninguna de esas cosas en las que ella siempre había creído. Todo había sido un grave error desde el principio.

—¿Qué puede significar para mí su palabra cuando no sé quién es, ni sé nada de usted?

Él la miró con sus increíbles ojos verdes con un gesto de desafío no exento de cierta ironía, como recordándola que no estaba en condiciones de discutir.

—Pero sí sabe que probablemente soy la única esperanza que tiene de ir a donde tenga que ir o de regresar al lugar del que haya venido –dijo él, y luego añadió recorriendo con la mirada la carretera desierta y las colinas circundantes empapadas por la lluvia–: ¿Ve algún coche o alguna otra moto que pueda venir en su ayuda?

–Tiene que haber alguna otra persona por aquí cerca...

Nada más pronunciar esas palabras, ella se dio cuenta de que estaba a punto de cometer otro error. Él la miró con escepticismo como si estuviera poniendo en tela de juicio su cordura. Ella misma estaba empezando a preguntarse si no estaría perdiendo la cabeza.

–Está bien –dijo él, de forma cortante y seca–. Como usted quiera.

Se apartó de ella y se encaminó hacia la moto en un gesto claro de que había agotado su paciencia y que pensaba dejarla allí.

Ella era consciente de que se estaba arriesgando a desperdiciar estúpidamente la que podría ser, posiblemente, su última oportunidad de auxilio en esa carretera tan poco transitada.

Si no se decidía pronto, acabaría viendo en unos segundos la espalda recta y los hombros anchos de aquel hombre subiendo a su moto y perdiéndose de vista en medio de la niebla.

Trató de razonar rápidamente. Si tuviera intención de hacerle daño, no se marcharía ahora de esa manera. Si, al menos, llevara el teléfono móvil con ella... Pero lo había dejado en la cómoda de su dormitorio del Haskell Hall y luego se había olvidado de meterlo en el bolso.

–Espere –exclamó ella con una voz tan baja y tímida que el viento apagó su sonido.

Él solo se había separado unos cuantos metros de ella, pero ya empezaba a sentirse terriblemente sola y abandonada. Hasta la chaqueta de cuero que le había dejado parecía haber perdido parte de sus propiedades para protegerla contra el frío y el viento. Comenzaba a sentir pánico ante la idea de quedarse sola de nuevo. Máxime, después de haber tenido la ocasión de estar con aquel hombre.

–¡Espere! –repitió ella ahora en un tono de voz mucho más alto–. ¿Qué hora es?

El hombre aflojó la marcha, hasta detenerse del todo. Esa era la última pregunta que él hubiera esperado. Frunció el ceño y echó un vistazo al reloj que llevaba en la muñeca.

–Casi las dos. ¿Le importa mucho saberlo? –dijo él, volviéndose hacia ella con una mirada y un tono de voz cortantes.

–Es posible.

Sí. Esa hora podría haber marcado el comienzo de una nueva vida, el inicio de la felicidad que había estado buscando ingenuamente durante tanto tiempo. Podría haberse presentado en la puerta de Gavin para decirle que pensaba que estaba cometiendo un error, pero lo que había visto y oído le había impedido hacerlo. Gavin había estado tan ocupado en satisfacer su propio placer sensual que ni había oído la puerta.

Dentro de unos minutos, a las dos, daría comienzo la boda oficialmente. Una boda que él aún no sabía que se iba a cancelar.

–¿Quiere ayudarme? ¿Podemos salir de aquí? –dijo ella, señalando fugazmente con la mano a la moto de color negro y plata aparcada en la cuneta de la carretera.

Tenía que alejarse lo más posible de Haskell Hall. A esa hora, probablemente, la estarían buscando por todas partes. Todo el mundo se estaría preguntando qué podría haberle pasado a la novia para haberse esfumado como por encanto.

–Claro, comprendo que quiera llegar a tiempo a su boda.

–¡Oh, no! –exclamó ella sin poder contener el horror que sentía al oír eso.

Aún creía escuchar aquellas palabras tan humillantes, susurradas en medio de un clima de pasión sexual: «Valdrá la pena aguantarla en la cama, hasta que sea su marido legal. Piensa, cariño, en la mitad de esos siete millones que tendremos tras el divorcio exprés. Vale la pena consumar ese maldito matrimonio por una suma así. Espero que eso me ayude a pasar el trago. Sé que no puedo contar con ella para ese tipo de cosas. Es tan grande que será como dormir con un caballo».

–¡De ninguna manera! Eso sería lo último que desearía. No quiero saber nada de mi boda. Estuve a punto de cometer la mayor equivocación de mi vida. Por eso me fui de allí corriendo, sin volver la vista atrás. Lo único que deseo es estar lo más lejos posible de aquel lugar.

–¿*Es eso verdad*? –preguntó él en perfecto español, con cierto tono de burla.

–¿Qué idioma es ese? –preguntó ella–. ¿Es usted español?

–No, en realidad, soy argentino.

–¿Y qué le ha traído por aquí?

Sin darse cuenta, ella había traspasado una raya que él no quería que nadie cruzara.

–Los caballos y el vino –respondió él con displicencia.

Debía de ser un jugador o un ganadero... o un bebedor, se dijo ella, incapaz de concretar más a la vista de la expresión inescrutable de su rostro.

–Está algo lejos de casa, ¿no?

–Sí, bastante –respondió él en un tono tan frío que

ella creyó entender que la distancia de la que estaba hablando era algo más profunda que la que se podía medir en kilómetros.

—¿Está de vacaciones... o...?

El movimiento brusco que él hizo con la cabeza le impidió concluir el interrogatorio.

—Parece que somos tal para cual —dijo él suavemente con una leve sonrisa pero con una mirada inquietante, indicativa de que algo muy profundo se ocultaba detrás de sus palabras.

—¿A qué se refiere? —exclamó ella sorprendida.

Él la miró de arriba abajo muy serio con sus preciosos ojos verdes y luego se dio la vuelta y se dirigió de nuevo hacia la moto, con los ojos entornados para protegerse de la lluvia.

—Los dos estamos huyendo de algo que hemos dejado atrás.

Capítulo 2

TAL para cual?

No podía creerlo. Ella sí había salido huyendo dejando atrás toda su vida. Pero él no tenía aspecto de hombre desesperado. No podía haber pasado por las mismas humillaciones que ella.

A pesar de llevar el pelo mojado por la llovizna y la camiseta blanca pegada al pecho, su poderosa musculatura y la expresión firme de su mirada, denotaban a un hombre fuerte, decidido y seguro de sí mismo, que nada tenía que ver ella.

—No puede estar hablando en serio —dijo ella con cara de incredulidad.

—¿Y por qué no?

Él le dirigió una mirada inquietante y ella retrocedió asustada unos pasos. Tenía que recordar que estaba ante un desconocido en el que no podía confiar aún.

—¿No tiene un trabajo, una casa y una familia?

—Ahora no tengo nada en Argentina. Ni casa ni familia.

Ella vio por primera vez una sombra en sus ojos verdes al pronunciar esas palabras y se arrepintió de haberle hecho esa pregunta que tal vez le evocase amargos recuerdos.

—Lo siento... no era mi intención...

Él se encogió de hombros como tratando de quitarle hierro al asunto y esbozó una leve sonrisa. Ella recordó entonces ese «ahora» que parecía haber pronunciado con especial énfasis y que parecía dar a entender que esa pérdida había tenido lugar en fechas recientes.

–Tal vez seamos más parecidos de lo que usted cree. Tanto en lo de querer huir de algo, como en lo de tratar de dejar atrás nuestro pasado.

–¿Es eso realmente lo que está haciendo? –preguntó ella, incapaz de hacerse a la idea de que un hombre como él pudiera estar huyendo de algo.

Pero cuando volvió a mirarlo, creyó volver a ver de nuevo esa sombra profunda en sus ojos verde musgo que reconoció de inmediato. Era la misma expresión que ella había visto cuando se había mirado en el espejo esa mañana y había descubierto que iba a cometer un gran error si se casaba con Gavin. Era la expresión de alguien que había quemado sus naves y que sabía que su vida ya no volvería a ser nunca como antes. La expresión de alguien que trataba de ocultar celosamente un secreto de forma que solo otra persona que hubiera pasado por una experiencia similar sería capaz de descubrirlo.

–Eche una mirada alrededor –dijo él, señalando con la mano hacia la moto–. En este momento, lo único que tengo es lo que está a la vista.

–¿Habla en serio?

Él asintió dos veces con la cabeza con gesto de amargura.

–Sí. La moto y lo que llevo en la bolsa: un poco de ropa y algunos objetos de aseo y de uso diario. Eso es todo lo que tengo.

–Pero, usted... ¿Por qué...? –comenzó diciendo vacilante, pero interrumpiéndose al ver su gesto negativo con la cabeza.

–Yo podría preguntarle lo mismo –replicó él, ahora

con un tono de voz más próximo y tranquilizador–. Pero ¿de qué valdría? Somos solo un par de extraños, dos barcos que se cruzan en la noche. Será mejor dejar esas preguntas sin respuesta.

–Podríamos, al menos, decirnos nuestros nombres. Si me tengo que ir de aquí con usted en esa moto, me gustaría saber cómo llamarle.

–Está bien –dijo él, quitándose un guante y tendiéndole la mano–. Me llamo Carlos... Carlos Diablo.

Parecía haber hecho un receso a mitad de sus palabras, como si temiera pronunciar su apellido.

Diablo, se dijo ella, tratando de calibrar si se trataba solo de una broma. Pero su mirada parecía franca. Sin duda ese era su nombre: Carlos Diablo. Carlos, el diablo. Sonaba realmente horrible. Pero, después de todo, era solo eso: un nombre.

–Yo soy M...

Se detuvo antes de pronunciar su verdadero nombre. Tal vez, no era conveniente que él supiera quién era. Gavin se había acercado a ella atraído por sus millones. No sabía cuanto tiempo podía llevar él en Inglaterra y si habría leído algo sobre ella en los periódicos. No quería correr ningún riesgo.

–Soy la señorita Jones –dijo ella con una mueca al ver lo formal y serio que sonaba.

Pero, de momento, sería mejor así. Después de todo, ella tampoco tenía ningún medio de saber si él le había dado su nombre verdadero.

–Encantado de conocerla, señorita Jones –replicó él cordialmente, pero con un cierto tono irónico como si intuyera que no le estaba diciendo la verdad.

El diablo y la señorita Jones. Parecía el título de una novela gótica o de algún blues.

Ella notó el contacto de su mano, que seguía sin retirarla. Era un mano fuerte que infundía confianza. Sorprendentemente, ella tampoco hizo nada por apartarla. Por el contrario, cautivada por el calor que parecía transmitirle, enlazó los dedos entre los suyos, sintiendo de inmediato como una descarga eléctrica recorriendo todo su cuerpo. Era algo más que el calor y que el simple contacto. Era algo muy profundo y primitivo, algo salvaje y peligroso pero, sin embargo, esencial para la vida. Parecía tener la virtud de borrar el frío que había invadido su cuerpo durante el tiempo que había estado perdida en la carretera y de devolverle el ánimo y el control que había perdido tras su amarga experiencia.

De pronto, Martha sintió la necesidad de ir a algún lugar, a cualquier sitio, con aquel hombre, con aquel Diablo. Y no solo porque desease escapar de todo lo que había dejado atrás, sino porque quería ir en busca de algo nuevo y diferente. Y emocionante.

Cuando volvió a mirarlo a la cara, vio que su expresión había cambiado también. Sus facciones se habían suavizado. Sus ojos eran ahora más cálidos y aquella sombra de antes tenía ahora el color de los prados.

Las nubes habían empezado a difuminarse, dejando que los rayos del sol se filtraran a través de ellas, iluminando los campos y las colinas. Y su boca... ¡Cielo santo! ¡Cómo podía ser tan sensual! Era una boca carnosa pero varonil. Y su labio inferior tenía una curva muy sexy que le producía un extraño cosquilleo por el cuerpo cada vez que lo miraba. Sobre todo cuando esbozaba una sonrisa.

Cautivada por esa sensación, se permitió imaginarse lo que sentiría teniendo esos labios junto a los suyos.

–¿Podemos marcharnos ya? –dijo él con una sonrisa–. No sé tú, pero yo ya estoy cansado de estar aquí con este viento y esta lluvia.

–¡Por supuesto! –exclamó ella, sin apartar la vista de su pelo y de su camiseta totalmente empapados de agua, y arrepintiéndose en seguida de haber demostrado quizá demasiado entusiasmo en su respuesta–. Pero ¿no sé cómo me las voy a arreglar para montar en la moto con este vestido?

Tanto su vaporoso traje de novia como su delicado velo, tan radiantes cuando se los había puesto hacía una hora, estaban ahora tiesos y pesados por el agua que les había caído. Igual que su peinado y su maquillaje.

«¿Por qué a las mujeres les gustará ir con esas faldas tan ceñidas?», se preguntó Carlos. Era un verdadero milagro que ella pudiera caminar o hacer cualquier cosa vestida de esa manera. Tenía que reconocer, sin embargo, que era un vestido muy sexy. Resaltaba la forma de sus pechos y era sin duda mucho más seductor y sugerente que esos otros trajes tan escotados. La tela se adaptaba perfectamente a sus caderas, cayendo luego en forma de volantes fruncidos hasta abajo. Tenía que admitir que la moda actual sabía sacar el mejor partido de la belleza femenina, realzando sus curvas y presentando a las mujeres con una figura más atractiva y elegante.

Pero a él le gustaba que una mujer fuera solo eso: una mujer. Y que tuviera un aspecto femenino. Como la señorita Jones.

–Vamos a tener que hacer algo al respecto –replicó él, pensando que aquel vestido de novia no se había diseñado para andar demasiado con él.

Solo para desfilar por el pasillo, desde la entrada de la iglesia hasta el altar. Pero ¿qué diablos había ocurrido para que ella hubiera salido corriendo instantes antes de su boda? Eso era algo que le intrigaba, aunque sabía que ella no iba a estar dispuesta a darle explica-

ciones aunque se las pidiera. Se había presentado como
«la señorita Jones». Si no había sido sincera para decirle su nombre, no podía esperar que le contara cosas
mucho más íntimas de su vida.

¿Qué era lo que trataba de ocultar? ¿Qué clase de
novio podía ser tan estúpido como para dejar escapar a
una mujer tan hermosa, cuando ella había aceptado ya
casarse con él?

–¿Y qué sería ese «algo» que tendríamos que hacer?
–preguntó ella–. ¿Cómo crees que podría arreglármelas
para montar en la moto con este vestido?

–Muy fácil –respondió Carlos–. Quitándotelo.

Él tenía una gran experiencia desnudando mujeres
como para saber cómo se desabrochaba un sujetador o
se abría la cremallera de una falda, aunque ciertamente
todas esas mujeres habían puesto bastante de su parte
en esas circunstancias. Pero nunca se había visto en la
situación de tener que quitarle la ropa a una mujer para
ayudarla a huir de otro hombre. Y menos aún, vestida
con su traje de novia.

Tenía la idea de que los vestidos de seda eran algo
muy frágil. Algo así como si fueran de papel de fumar.
Pensó que aquello sería cosa de coser y cantar. No le
costaría el menor esfuerzo quitarle aquel traje tan ligero
y delicado.

–Déjame a mí –exclamó él muy solícito, poniéndose
de rodillas delante de ella, sobre el pavimento mojado de
la carretera.

Puso sus manos bronceadas por el sol sobre aquella
tela tan blanca y comenzó a tirar del vestido de un lado
y otro, haciendo que ella se viera obligada a dar un
paso hacia adelante y otro hacia atrás, para quedar finalmente donde estaba, apresada con las piernas entre
sus manos.

En uno de esos tirones y de esas idas y venidas, se le levantó la falda y él se quedó con las manos abrazadas a sus rodillas, contemplando hechizado sus espléndidas piernas en todo su esplendor.

¡Llevaba medias y un liguero de color azul pálido del que colgaban unos tirantes que sujetaban las medias en la parte alta del muslo!

–¡No te muevas! –exclamó él, con la garganta seca y las manos temblorosas, sintiendo el corazón latiéndole en el pecho a toda velocidad.

La señorita Jones debía de ser una de esas mujeres que creía que la parte de atrás de las rodillas era un buen sitio para echarse un poco de perfume. Sin duda se había preparado a conciencia para una noche de sexo con el hombre con el que se suponía que iba a casarse. El liguero tan sexy, el vestido de seda tan vaporoso, el perfume tan embriagador, su maravilloso pelo rubio suelto... Todo parecía pensado para una noche loca de amor.

Era bastante difícil concentrarse en lo que estaba haciendo con la excitación que sentía ante la proximidad de aquella piel tan delicada y de aquel perfume tan sensual. Sintió un repentino ataque de celos de aquel hombre desconocido al que ella había estado dispuesta a entregar su cuerpo esa noche.

Apretó con fuerza el trozo de seda blanca que tenía entre las manos. Aquel hombre tenía que ser un perfecto idiota para haberla dejado marchar.

Bueno, tal vez él podría sacar provecho de esa estupidez. Como futura esposa, habría tenido la obligación de respetarla y mantenerse alejado de ella. Pero como mujer que había salido huyendo de su prometido, dejándolo plantado y deseando estar lo más alejada posible de él, el planteamiento era muy diferente.

–¡Te he dicho que te quedaras quieta! –repitió él, atormentado cada vez más por el perfume tan cautivador que emanaba de su cuerpo.

–Estoy quieta –susurró ella, tratando de disimular lo que estaba sintiendo en ese momento.

Martha deseaba que él se diese prisa y acabase con aquello cuanto antes. Sabía que no podría aguantar aquella tensión por mucho más tiempo.

Él no la estaba tocando. En realidad, solo tocaba la tela de la falda. Y, sin embargo, ella sentía un hormigueo por toda la piel como si de verdad la estuviera acariciando, como si su aliento cálido calentara su carne trémula.

El frío y la humedad de la tarde parecieron evaporarse como por encanto. Sintió que el ardor que sentía por dentro sería más que suficiente para secar la ropa que llevaba puesta.

No podía apartar la mirada del hombre que tenía a sus pies. Contempló su cabeza oscura junto a sus rodillas y se sintió dominada por un magnetismo sensual. Apretó los puños a lo largo de los costados, luchando contra el impulso que le llevaba a enredar los dedos entre los mechones de su cabello negro y espeso.

Deseaba tocarlo. Era algo más que un deseo: era casi una necesidad. Tenía que sentirle y tocar su piel de una forma más íntima de lo que había sido aquel apretón de manos cuando se habían presentado el uno al otro.

Y, sin embargo, sabía que tenía que contenerse, porque, si cedía a ese impulso salvaje y casi irracional, rompería aquella magia del momento y, tal vez, algo más.

Sí, tenía la sensación de que podía haber algo más entre ellos. Nunca había sentido nada igual con otro hombre.

Pero ¿y si él no la encontraba atractiva como le había pasado a Gavin? Sus hirientes palabras seguían resonando en su cerebro: «Espero que su dinero me ayude a pasar el trago. Sé que no puedo contar con ella para ese tipo de cosas. Es tan grande que será como dormir con un caballo».

No podría soportar que otro hombre la rechazara físicamente. Sería como presentar la otra mejilla después de que alguien ya la hubiera abofeteado con saña una vez.

Como si adivinara sus pensamientos, Carlos se detuvo un instante, alzó la cabeza y la miró fijamente.

Ella sintió un extraño calor por dentro al ver de nuevo aquella mirada sombría en sus ojos verdes. Una sombra que parecía reflejar lo que ella estaba sintiendo en ese momento.

Pero no podía pensar con claridad. Habían pasado demasiadas cosas ese día. La idea de enfrentarse al hecho de que él pudiera estar sintiendo lo mismo que ella, sobrepasaba todas sus fuerzas.

Por un instante, el mundo pareció estar girando a su alrededor. El suelo se movía bajo sus pies, haciéndole sentir una terrible sensación de vértigo e inseguridad. Presa de pánico, dio un fuerte pisotón sobre la superficie mojada de la carretera.

–¿Cómo va eso? –preguntó ella, tratando de recobrar el control.

–Esta falda... –replicó él, dando un tirón brusco.

Ella oyó el sonido de la tela rasgándose y luego sintió una corriente de aire frío por las piernas. No supo con seguridad lo que había ocurrido hasta que vio a Carlos con un trozo de tela en las manos y comprendió que le había arrancado la parte de abajo del volante del vestido. Ahora, sin duda, podría moverse con más facilidad. Podría caminar e incluso montarse en la moto.

–Gracias... –dijo ella, dando unos pasos a modo de prueba.

Sin embargo, un nuevo pensamiento comenzó a angustiarla. Tendría que montarse detrás de él. Sentarse detrás de él. Agarrarse a él y apoyar los pechos contra su espalda. Apretar su cuerpo contra el suyo hasta sentir su calor. Además, tendría que abrir las piernas y subirse un poco el vestido para poder montar...

–¡No!

–¿Qué demonios pasa ahora? –exclamó Carlos sorprendido, con tono áspero, poniéndose de pie y frotándose los vaqueros con las manos a la altura de las rodillas–. Decídete de una vez. ¿Quieres que te lleve en la moto o no?

La cordialidad que había reinado entre ellos en los últimos minutos parecía haberse evaporado. Él estaba empezando a perder la paciencia con ella.

–Yo... estoy un poco asustada –respondió ella sin atreverse a darle más explicaciones.

–No tienes por qué. Soy muy prudente conduciendo.

–Estoy segura de que debes ser un conductor excelente.

Pero eso no significaba que se sentiría segura con él. Ni en la moto ni en ninguna otra parte.

Por si fuera poco, una nueva idea vino a añadir un poco más de confusión a sus, ya de por sí, confusos sentimientos.

Si ahora se sentía así por un hombre que acaba de conocer hacía solo unos minutos, ¿cómo podía haber pensado en casarse con Gavin? ¿Cómo podía haber estado tan ciega como para aceptar su proposición de matrimonio?

Después de tres años de soledad, cuidando de su madre durante su larga enfermedad, había buscado con ahínco formar una familia, aferrándose a la idea del amor y de un futuro de felicidad. Y se había dejado llevar por esa ilusión, cayendo inconscientemente en ella como cae del árbol la fruta madura.

Había sentido la necesidad de ser amada. Se había enamorado no de un hombre, sino de la propia idea del amor. Por fortuna, se había dado cuenta de ello cuando aún no era demasiado tarde.

—Creo que hay una ley que prohíbe montar en moto sin llevar un casco protector —dijo ella, tratando de poner a prueba su paciencia.

—Pensé que querías salir de aquí cuanto antes.

—Sí, pero solo si...

—Estás acostumbrada a hacerlo todo legalmente, ¿verdad?

Por la expresión de sus ojos y el tono de su voz, comprendió que se estaba burlando de ella. Sintió deseos de ser capaz de dejar a un lado su sensatez y los convencionalismos y tomar lo que la vida le ofreciera en cada momento.

¿A dónde le había llevado tanta sensatez? A aceptar la proposición de matrimonio de un tipo como Gavin.

La vida le estaba ofreciendo ahora la oportunidad de escapar con ese hombre. Con ese Diablo. Debía aferrarse a ella con ambas manos. Como aferraba ahora el casco que Carlos le estaba dando.

—Aquí lo tienes. Espero que te siente bien.

Empezaba a sentirse ridícula a su lado. ¿Qué debía de haber pensado de ella cuando apareció en la moto y la vio a un lado de la carretera con un vestido blanco de seda y encaje todo empapado y con aquellos zapatos planos de pedrería que se había puesto para no parecer tan alta al lado de Gavin.

Con Carlos, no los habría necesitado, podría haberse puesto unos zapatos elegantes de aguja. Él debía de ser casi veinte centímetros más alto que ella.

—De todos modos, no creo que puedas ponértelo con todo eso que llevas encima —prosiguió él con una leve sonrisa, señalando al peinado tan artístico, aunque ya bastante estropeado por la lluvia, y a la diadema que llevaba encima del velo.

—Lo sé, lo sé... no me agobies más, por favor... —replicó ella, mirándolo a los ojos.

Fue un error. Al ver el calor que emanaba de sus ojos verdes, sintió el corazón latiéndole con tal fuerza que pensó que él podría verlo por debajo de la fina tela de seda. Sintió la sangre corriendo de forma alborotada por sus venas.

Tragó saliva para disolver el nudo que tenía en la garganta.

—¿Crees que me podrías ayudar a quitarme todo esto? —dijo ella, llevándose la mano a la cabeza.

—¿Me has tomado por tu dama de compañía? —replicó él suavemente, acercándose a ella con un inquietante brillo en la mirada.

—Si has sido capaz de rasgarme el vestido no creo que te sea muy difícil soltar unos cuantos alfileres del pelo.

Él solo le había roto la parte de abajo de la falda, pero ella sintió un intenso rubor al pronunciar esas palabras, imaginándose a Carlos desgarrándole apasionadamente todo el vestido para...

—*Por supuesto* —dijo él en español—. Déjame ver.

Ella no sabía si quedarse quieta o acercar la cabeza a él. Estaba muy nerviosa y con los músculos en tensión. Entonces, él le puso inesperadamente una mano en la cara. Apoyó la palma de la mano en su mejilla con suma delicadeza, y le inclinó la cabeza hacia un lado, de cara al sol, para ver mejor la tarea que tenía por delante.

Ella se quedó inmóvil, extasiada, al sentir en la cara de forma simultánea el calor de su mano y de los últimos rayos del sol. Había tenido una mañana horrible y aquello suponía todo un bálsamo para ella. Empezó a sentirse más relajada. Tanto, que casi tenía la impresión de estar comenzando a derretirse por dentro. Sintió deseos de apoyar la cara en su mano para sentir su caricia.

Esperó con impaciencia sentir sus manos grandes y fuertes tocándole el pelo para quitarle los alfileres. Sabía que ella podría haberlo hecho por sí misma con suma facilidad, si hubiera querido. Pero deseaba disfrutar de la sensación de sentir la proximidad de su cuerpo junto al suyo y de sentir el agradable cosquilleo de sus dedos hurgándole en la cabeza.

Recordó que él le había dicho que había huido como ella, dejándolo todo atrás. Pero ¿qué era lo que había dejado? ¿Y dónde? Su acento no era desde luego de aquella región del norte de Inglaterra. Ni tampoco su piel bronceada y su pelo de azabache. Tenía aspecto de extranjero. Parecía un elegante y peligroso jaguar que hubiera estado acechando a alguna víctima desde las colinas cercanas, escondido entre la niebla. No pudo reprimir un gemido solo de pensarlo.

–¿Qué ocurre? –preguntó Carlos extrañado, clavando sus profundos ojos verdes en sus tímidos ojos grises, abiertos ahora como platos–. ¿Te estoy haciendo daño?

–¡Oh, no...! –exclamó ella.

«Daño» no era la palabra adecuada para describir lo que le estaba sucediendo. Lo único que sabía era que su estómago era un manojo de nervios y que la tensión de antes había desaparecido, pero para ser reemplazada por un cálido hormigueo que le corría como la electricidad por toda la piel.

Sentía por dentro un deseo irrefrenable que le impulsaba hacia aquel hombre. Deseaba estar más cerca de él. Deseaba algo más que aquellos respetuosos toques con los dedos. Deseaba más, mucho más de él.

–Quiero irme de aquí –dijo ella de repente, alzando la cabeza.

Contigo, hubiera querido añadir. Pero solo se atrevió a pronunciar esa palabra en su pensamiento. Tenía demasiado miedo. Se sentía demasiado insegura como para dejar esas palabras flotando en el aire. No sabía la repercusión que podrían tener.

–Déjame que termine antes con esto –dijo Carlos, inclinándole de nuevo la cabeza para tratar de concluir la tarea que se traía entre manos.

Martha sintió como si con cada alfiler que él le iba quitando del pelo y con el leve chasquido metálico que hacía al caer al asfalto, le fuera despojando, una a una, de todas las angustias que albergaba en el corazón.

Comenzaba a sentirse mejor. Ya no tenía aquellos nervios agarrotados en el estómago ni aquella tensión en los músculos. Se sentía otra mujer. Más libre y segura. El dolor y las humillaciones recibidas parecían haberse esfumado de sus recuerdos y se veía con fuerzas para afrontar el futuro con mayor ilusión y esperanza.

–Pero, dime, ¿por qué saliste corriendo de tu boda? ¿Te hizo algo ese novio tuyo?

Ella no sabría decir si le estaba haciendo esa pregunta para distraerla mientras le quitaba el velo o si de verdad estaba interesado en saberlo.

Afortunadamente, ella no podía verle la cara. Y, lo

que era más importante, él tampoco a ella. Por eso, se atrevió a contestarle.

–¿Quieres saber por qué me fui de allí corriendo todo lo rápido que pude sin volver la vista atrás? –replicó ella, alzando la barbilla con gesto desafiante aunque tal vez no del todo convincente.

–Tienes que admitir que eso no es muy habitual en una boda. Normalmente, a estas alturas, el novio y la novia estarían...

–Mirándose a los ojos, haciéndose votos de fidelidad y amor eterno. Pero no debes sentir lástima por el novio, aunque le haya dejado plantado al pie del altar. Estará ahora muy feliz con mi primera dama de honor, si no está ya agotado de hacer el amor con ella en la cama que se suponía íbamos a compartir él y yo esta noche.

–¿De verdad te hizo eso ese canalla malnacido? –exclamó Carlos con un tono encendido de indignación, apretándole inconscientemente el pelo entre las manos.

Ella soltó un pequeño grito de dolor al sentir aquel leve tirón en el cuero cabelludo. Pero duró solo una fracción de segundo. Porque, al mismo tiempo, sintió un placer inesperado. Ella le importaba lo suficiente como para que se sintiera molesto por lo que Gavin le había hecho. Su indignación era como un bálsamo para las heridas que había recibido en el Haskell Hall.

–Aproveché la ocasión para salir de la habitación cuando los dos estaban muy entretenidos... en sus cosas. No creo siquiera que me vieran salir. Estaban demasiado... ensimismados. Eché a correr sin volver la vista atrás una sola vez.

Había corrido luego por entre los prados hasta llegar a la carretera. Allí, demasiado cansada y muerta de frío como para seguir caminando con su vestido de novia, se había parado para hacer autostop esperando que alguien la recogiera y la llevase a algún sitio.

No pensaba contarle el resto. No podría soportar tener que repetir las palabras humillantes que Gavin le había dicho. Ella no había sido nunca una mujer para él, ni siquiera una persona, tan solo una fuente de futuros ingresos.

—Me gustaría encontrarme con ese reptil. Ningún hombre tiene derecho a tratar así a una mujer. Deberías dejarme llevarte allí de nuevo.

—¿Para qué? ¿Piensas montar un escena de película del Oeste, desafiándole con un revólver en la cintura? ¡Duelo en Haskell Hall! No, gracias. Sería la forma de que todos se enterasen de la verdadera razón por la que me fui de la boda y de las humillaciones de las que fui objeto por su parte, en vez de pensar que mis sentimientos hacia él se enfriaron en el último momento.

Una risa de amargura pugnó por brotar de su garganta, casi ahogándola. Ciertamente, se había enfriado. Pero toda ella. Estaba completamente helada.

—Lo cual no sería mentira en modo alguno —continuó ella—. Pero preferiría que Gavin creyera que lo dejé plantado a que supiera que me enteré de cómo había pasado las horas previas a nuestra boda. Así, nunca sabrá con certeza si le pillé con los calzoncillos bajados o no...

Y nunca tendría la cruel satisfacción de saber que ella había oído cómo la describía ante su amante como alguien con la que tendría que acostarse y pensar en el dinero para poder pasar el trago.

—Sí, prefiero dejar así las cosas —concluyó ella—. Además, puedo resolver yo sola mis propios asuntos, gracias. Llevo mucho tiempo haciéndolo.

–¿Cómo es eso? ¿No tiene familia?

–No. Nunca conocí a mi padre. Abandonó a mi madre cuando se enteró de que estaba embarazada. Así que hemos estado siempre las dos solas. Hasta hace poco. Hace tres años, le diagnosticaron un cáncer de hígado. Murió el verano pasado.

Poco después de la pérdida de su madre, había comprado un billete de lotería, llevada por una especie de corazonada. El número resultó premiado y aquello cambió su vida. Hubiera deseado poder compartir aquella pequeña fortuna con su madre. Al menos, le habría hecho más llevaderos sus últimos días.

Si no hubiera pasado todos esos años encerrada, cuidando de su madre, sin tener ninguna experiencia en la vida ni en los hombres, tal vez se habría dado cuenta antes de las mentiras de Gavin y de lo que, en realidad, había ido a buscar en ella.

–Lo siento.

Las palabras de Carlos, igual que el tono de su voz, eran muy amables, pero ella sintió que solo conseguían ponerla más nerviosa.

Si hiciese un movimiento de acercamiento hacia ella, si la tocase o tratase de estrecharla en sus brazos para expresarle su simpatía y condolencia, sabía que se rompería en mil pedazos y quizá ya no sabría recomponerlos de nuevo.

Pero, tal vez, había contagiado su frialdad al hombre que tenía al lado, porque ninguna de esas cosas que tanto temía llegó a producirse. Carlos se limitó a quitarle el último alfiler del tocado y luego la miró a los ojos, con la diadema en una mano y el velo en la otra.

–Aquí están –dijo él, alargando los brazos.

Ella lo miró con una expresión serena y esperanzada. Hacía solo unas pocas horas, su ego como mujer había caído hasta lo más bajo. A partir de ahora, solo podría ir en ascenso.

—Muy bien, ahora ya podemos irnos —dijo ella—. Estoy deseando dejar atrás todo esto. No estoy huyendo, sabes, solo estoy tratando de ir hacia adelante en mi vida y dejar atrás lo que podría haber sido un tremendo error. Quiero empezar de nuevo.

Se acercó un poco más a él para recoger el velo y la diadema, pero sus sentimientos le jugaron entonces una mala pasada.

—¡Gracias! —dijo ella, poniéndose de puntillas y dándole un beso en la mejilla.

Todo cambió para ella en ese instante. Le pareció como si el mundo se hubiera detenido y el campo se hubiera quedado estático y congelado a su alrededor al mismo tiempo que ella se había quedado sin aliento. Los pájaros dejaron de cantar en los árboles y el viento se calmó en las ramas, enmudeciendo repentinamente.

Sintió la piel fría y húmeda de su mejilla en los labios y el sabor intenso de su piel en la lengua. Sintió una especie de vértigo al contemplar sus ojos tan cerca de los suyos. Vio una oscura sombra en su mirada mientras sus pupilas se dilataban hasta dejar reducido el iris a una delgada corona de color verde musgo.

Leyó en esos ojos lo que iba a venir a continuación y sonrió de satisfacción, conteniendo el aliento mientras el corazón le latía con fuerza en el pecho.

No tuvo que esperar mucho tiempo. Él alargó los brazos y los cerró alrededor de su cintura como si fueran una pinza de acero, estrechándola con fuerza contra su pecho, mientras la sostenía en vilo. Luego inclinó rápidamente la cabeza y aplastó los labios en su boca, sintiendo al instante la respuesta encendida de ella, al separar los labios y responder de forma entregada a su beso.

Nunca había conocido nada igual, se dijo ella, tratando de controlar vagamente sus pensamientos. Nadie la había besado de esa manera, ni ella había respondido nunca de forma tan apasionada. Había besado a otros hombres, desde luego, pero aquellos besos le parecían ahora insignificantes al lado de los de Carlos. Y las caricias que había intercambiado con Gavin habían sido agua tibia en comparación con la avalancha de lava ardiente que corría por sus venas al sentir sus pechos aplastados contra su torso duro y musculoso.

El corazón le latía con fuerza y la cabeza le daba vueltas.

Así era como debía sentirse una mujer cuando deseaba a un hombre.

Pensó, por un momento, cómo se sentiría cuando un hombre la deseara de verdad.

–*Preciosa*... –susurró él, deslizando los labios por sus mejillas, por la barbilla, el cuello...

–Diablo...

De alguna manera, fue su apellido lo que le vino instintivamente a los labios. Parecía mucho más indicado que el nombre. Diablo era una palabra que lo describía perfectamente. Él tenía todo el poder de seducción y el encanto del Príncipe de las Tinieblas en esos momentos. Representaba la tentación sensual que podía apartarla del camino de la sensatez y la prudencia que había seguido hasta entonces, para llevarla por un camino nuevo y más atrevido. Un camino que le ofrecía la oportunidad de ser la mujer que nunca había sido antes.

¿Cómo podía haber llegado a los veintitrés años sin haber experimentado nunca una sensación como esa? ¿Cómo podía haber besado a un hombre y haber llegado a creer que estaba enamorada cuando no había sentido nunca algo parecido a lo de ahora?

Carlos era distinto a todos los hombres que había conocido. Su boca tenía la virtud mágica de trastornar sus sentidos, agitándolos como en un remolino, y hacer que su sangre le ardiera en las venas a pesar del frío gélido que hacía en la carretera. Él encarnaba todo lo que ella nunca había conocido y, sin embargo, siempre había deseado. Deseaba eso. Deseaba sentir más sensaciones como esa abrasándole el cuerpo. Deseaba más de sus labios firmes y varoniles, deseaba más de...

Pero, en ese momento, un luminoso relámpago, seguido de un trueno estruendoso vino a poner fin a sus pensamientos. Una lluvia torrencial comenzó a caer acto seguido. Era una lluvia fuerte y helada que enfrió el ardor de sus cuerpos, dejándolos empapados en unos segundos.

–¡Diablos! –exclamó Carlos, apartando la boca de Martha–. ¡Tenemos que salir de aquí!

La agarró del brazo y la llevó corriendo hacia la moto, con los pies chapoteando por los torrentes de agua que empezaban ya a formarse. Se detuvo solo un instante para ponerle apresuradamente el casco en la cabeza, ahora ya despejada. Pasó luego una pierna por encima de la potente máquina y arrancó el motor.

Martha no se anduvo ahora con ñoñerías y se montó detrás de él como pudo, acurrucándose en su espalda ancha y poderosa.

–Agárrate fuerte –gritó Carlos, aunque sus palabras quedaron bastante apagadas por el sonido de la lluvia y el rugido del motor.

Fue solo entonces cuando ella se dio cuenta de que tenía las manos ocupadas con la diadema y el velo de seda, ahora hecho un gurruño húmedo entre sus dedos. Eran los tristes símbolos de una vida con la que siempre había soñado y que, sin embargo, le había defraudado.

Pero ahora sabía que tenía por delante una vida nueva que no tenía nada que ver con el fraude y el engaño. Gavin nunca la había amado. Ni siquiera la había deseado. Solo se había acercado a ella atraído por su dinero. Estaba mejor sin él.

–Agárrate fuerte, si vas a venir conmigo –gritó Carlos de nuevo, apretando impaciente el acelerador, para ir calentando el motor.

«Si vas a venir conmigo». Martha sintió los latidos de su corazón al escuchar esas palabras.

Por supuesto que iba a ir con él.

¿A dónde podría ir si no?

Carlos no solo le estaba ofreciendo un medio de transporte rápido para salir de allí y dejar atrás cuanto antes el recuerdo de aquella boda abortada. También le estaba ofreciendo la esperanza de una nueva vida, diferente de la que había vivido hasta entonces. Una aventura emocionante que ella hubiera contemplado con terror solo unos días antes, pero que ahora estaba deseando vivir.

Ya había dado el primer paso cuando se había mirado al espejo con el vestido de novia y había visto, en el fondo de su alma, que estaba cometiendo un error. Se había armado de valor y había ido a la habitación de Gavin para comunicarle su decisión. Lo que había oído allí, al abrir la puerta, le había revuelto el estómago, pero tal vez había sido el revulsivo que necesitaba para escapar de aquel pasado opresivo en el que había estado atrapada y abrirse a una nueva vida con unas miras más amplias sin tantas restricciones y convencionalismos. Para convertirse, en suma, en esa nueva mujer que había empezado a ser cuando Carlos la había besado.

–¿Lista? –preguntó él, dispuesto a iniciar la marcha.

Ella sabía que él no podía verla, pero asintió con la cabeza, llena de entusiasmo.

—¡Lista!

Con un gesto desafiante, tiró la diadema de pedrería. Sonrió al verla rebotar por la carretera y romperse en cuatro pedazos. Luego arrojó el velo con toda la fuerza de que fue capaz, viendo con satisfacción cómo el viento lo zarandeaba una y otra vez y lo expulsaba lejos de ella a través de los campos. Al fin, se sentía libre de las ataduras del pasado.

—¡Ahora sí estoy lista del todo! —exclamó ella, abrazándose con fuerza a la cintura de Carlos, mientras la moto comenzaba a rugir por la carretera.

No podía creer que, solo unos minutos antes, hubiera sentido miedo de montarse en esa moto detrás de Carlos. Ahora lo veía como la cosa más natural del mundo. Y una de las más emocionantes.

A la velocidad que iban, la lluvia azotaba la visera del casco, y el agua pulverizada que desprendían las ruedas sobre el asfalto hacían de aquel viaje una experiencia excitante.

Era consciente también del peligro que podían correr, pero, a pesar de todo, se sentía completamente segura teniendo delante a un hombre como Carlos Diablo al que poder aferrarse.

No sabía a dónde iban ni le importaba. Solo sabía que estaba dejando atrás el pasado y que se dirigía a un futuro muy diferente. Un futuro en el que probablemente estaría ese hombre tan fuerte y atractivo al que estaba abrazando ahora. No sabía por cuánto tiempo, pero, sinceramente, tampoco eso le importaba.

Tuvo una buena idea aquel conquistador al que se le ocurrió quemar las naves para que ninguno de sus hombres pudiera volverse atrás. Eso era lo que ella quería hacer, mirar hacia adelante, sin volver nunca la vista atrás.

Aquel matrimonio habría sido un terrible error y debía olvidarlo.

Ese viaje en moto, cargado de adrenalina, era su auténtico regalo de novia. Tenía un futuro prometedor por delante y pensaba afrontarlo con valor, dejando atrás sus miedos y mojigaterías. Había un mundo nuevo lleno de posibilidades ahí afuera y estaba dispuesta a descubrirlo.

Capítulo 3

FUE el viaje más emocionante que había hecho en su vida.

Carlos conducía la moto de forma tan rápida pero a la vez tan suave que casi parecían ir volando.

Ella había perdido la noción del tiempo. No sabría decir si llevaban unos minutos o unas horas viajando. Solo era consciente de que la lluvia había amainado y que el sol comenzaba a asomar tímidamente entre las nubes.

Fue entonces cuando la moto, que había ido como la seda hasta entonces, empezó a dar tirones y a hacer unos ruidos extraños.

Carlos aminoró la marcha hasta parar la máquina en el arcén de la carretera, a la entrada de una pequeña ciudad.

–¿Ocurre algo? –preguntó Martha, viendo cómo Carlos trataba de arrancar el motor de nuevo.

–Me temo que sí –respondió él con el ceño fruncido–. Creo que no vamos a poder continuar. Habrá que llevar la moto a un taller a que vean lo que tiene.

–¡Oh, no! –exclamó ella, sin tomarse la molestia de disimular su contrariedad.

¿Era ese el final de su futuro prometedor?

¿Era eso todo lo que había dado de sí su apasionante aventura?

¿Era posible que la avería de una moto pudiera acabar con todo antes incluso de que hubiera empezado?

–Estoy seguro de que debe haber una estación de ferrocarril o de autobuses por aquí cerca –dijo Carlos, mirando a su alrededor–. Algún medio de transporte para que puedas volver a tu casa.

Sí, eso sería lo más sensato que podía hacer. Eso sería lo que la vieja Martha habría hecho.

Pero la nueva Martha estaba dispuesta a asumir riesgos. Y ahora se le presentaba la oportunidad que buscaba.

–Pero está empezando a anochecer y me siento ya lo bastante lejos de aquel lugar como para sentirme segura de haber dejado atrás lo que podría haber sido el mayor error de mi vida. No sé tú, pero a mí no me vendría nada mal darme un poco de descanso para analizar la situación. Tiene que haber algún motel o algún hostal por aquí.

–¿Quieres pasar aquí la noche?

A juzgar por el tono de su voz, Carlos no parecía muy entusiasmado con la idea.

A la vista de sus vacilaciones, la vieja Martha pareció resurgir de nuevo tratando de imponer cordura y sensatez sobre las fantasías e ilusiones de la nueva Martha. Carlos se lo había dejado bien claro: debía montarse en un tren o en un autobús y marcharse a su casa. Era evidente que él no sentía por ella lo mismo que ella creía sentir por él. ¿Quería acaso hacer el ridículo delante de él poniéndose en evidencia? No. Lo mejor sería tomar el primer tren que pasase por allí y dejar de hacer estupideces. Ya había hecho bastantes.

La fascinación del viaje en la moto parecía desvanecerse y las crueles palabras de Gavin volvían a resonar en su mente. Tal vez, solo había estado engañándose a sí misma, pensando que podría llegar a ser una nueva mujer. La nueva Martha.

Sin embargo, el beso había sido real...

–Está bien, olvídalo –replicó ella, encogiéndose de hombros y tratando de aparentar indiferencia.

–No –dijo Carlos de forma repentina–. Creo que lo del motel puede ser una buena idea.

–Sí, tal vez un sitio que no sea muy caro –replicó ella, pensando que tal vez la causa de sus reservas era que no podía permitirse el lujo de pagar una noche en un hotel costoso.

Pero Carlos no parecía estar escuchándola.

–Deberíamos encontrar cuanto antes un lugar donde alojarnos –dijo él, y luego añadió, con voz de mando, suave pero firme, señalando al casco que aún llevaba en la cabeza–: Quítate ya eso.

A Martha no le gustaba dejarse dominar por nadie, pero cuando él la miraba con esos ojos verdes tan profundos no podía resistirse. Solo deseaba hacer lo que él le dijera.

Se quitó el casco y se soltó el pelo. Pero se quedó helada al instante cuando Carlos le agarró las manos, inclinó la cabeza hacia ella y la besó en la boca. No fue un beso tan apasionado como el primero, sino más suave. Pero, mientras que el primero había provocado un incendio en su interior, el de ahora parecía envolverla en una ardiente espiral de sensualidad que se extendía desde la boca del estómago hasta el último nervio y la última célula de su cuerpo. Tuvo la sensación de estar brillando en la oscuridad de la noche. Cada palmo de su piel parecía hipersensibilizado. Tenía la respiración entrecortada y el corazón desbocado. El sabor de sus labios y el torbellino de su lengua dentro de su boca, resultaban tan embriagadores como un brandy añejo deslizándose por la garganta y provocando un delicioso mareo.

Cuando Carlos se echó hacia atrás unos centímetros,

apartando los labios de los suyos, ella no pudo contener un leve gemido de protesta. Sintió que perdía el equilibrio y se inclinaba hacia delante, como si fuera incapaz de sostenerse por sí misma y él la hubiera estado sujetando y ahora la hubiera dejado sola, a su suerte.

Pero la sensación solo duró una fracción de segundo. Sintió los brazos de Carlos estrechándola de nuevo y recobró el equilibrio y la seguridad. Entonces, se dio cuenta de que él había estado todo el tiempo guardando las distancias, mientras ella se había sentido atraída por él como un aguja por un imán.

—Carlos...

Pensó que hablar sería la única forma de evitar ponerse de puntillas y volver a besarlo de nuevo.

Se llevó la mano a la boca, como tratando de mantener el sabor de sus besos, sin dejarlos escapar de su boca.

Carlos la apretó entre sus brazos y la miró fijamente con un brillo ardiente en los ojos.

—Lo sé —dijo él, en voz baja—. Es exactamente lo que yo siento también. Por eso, necesitamos encontrar un lugar cálido, bajo techo, donde podamos estar solos. No sé si podré controlarme la próxima vez que te bese.

«Un lugar cálido en el que podamos hacerlo...».

No, él no había llegado a decir esas palabras, pero parecían implícitas en sus ojos, en su voz, en el calor que emanaba de las palmas de las manos que aún la sujetaban y que ella sentía incluso a través de la chaqueta de cuero. Tenía el nivel de consciencia bajo mínimos. Sabía que debía de haber otras personas paseando por allí, coches que cruzaban junto a ellos, pero ella ni siquiera se daba cuenta. Toda su atención se centraba en el hombre que tenía frente a ella, en su rostro tan varonil y en sus ojos verdes tan profundos. El resto del mundo parecía haberse borrado. No significaba nada para ella en ese momento.

Las palabras de Carlos resonaron en su corazón: «La próxima vez que te bese...».

Pero ¿por qué iba a confiar en un hombre que solo conocía desde hacía unas horas? ¿Pensaba irse a un hotel con él simplemente porque lo deseaba?

Sí, esa era la respuesta. Lo deseaba. La nueva Martha lo deseaba. Lo supo cuando él pareció dispuesto a acompañarla al tren o al autobús y dejarla marchar sin volver la vista atrás. Entonces había sentido como si le hubieran clavado un puñal en el corazón y había comprendido lo mucho que lo deseaba. Nunca se había sentido más viva. Era una emoción que había ido alimentando durante el viaje, sintiendo el calor y la dureza del cuerpo de Carlos contra su pecho.

Ella quería más de eso.

Y, como para reafirmar su decisión, la lluvia que había cesado durante los últimos minutos comenzó a caer de nuevo con una fuerza inusitada, empapándole el pelo. Se apretó contra la camiseta y los pantalones vaqueros de Carlos, igualmente empapados. Sintió un escalofrío al percibir la dureza de sus músculos y las poderosas líneas de su cuerpo.

–Tenemos que entrar... –dijo ella como un autómata, mirando a su alrededor en busca de algún lugar en el que refugiarse–. Allí –añadió, viendo el letrero luminoso de un pequeño hotel que había a unos cien metros, al otro lado de la carretera.

Carlos le agarró de la mano, llevando la moto con la otra, y se dirigieron hacia allí.

Al sentir el calor y la firmeza de su mano, ella recordó el momento en que él se había presentado y le había dicho su nombre. Desde ese instante, había empezado a confiar en él. Había empezado a verlo como un hombre fiable, incapaz de hacerle ningún daño. Pero ¿estaba segura realmente de eso? Tal vez no le hiciera ningún daño físico, pero sí podría romperle el corazón. Tendría que andarse con mucho cuidado. Tendría que tener bien claro si estaba buscando solo emociones fuertes o algo más profundo.

A juzgar por la forma en la que él la había abrazado, parecía claro que la deseaba. Por ese lado, podía estar tranquila. Podía dejar a un lado ese complejo de mujer no deseada que Gavin le había inculcado con sus crueles palabras.

Carlos le apretaba la mano como si tuviera intención de no dejarla marchar. Al menos en los próximos días. Pero ella no quería pensar más que en el presente. Deseaba estar con él, como ahora, sintiendo su mano apretando la suya y su cuerpo fuerte y atlético protegiéndola de la tormenta. Y lo que era aún más importante, protegiéndola de esa otra tormenta interior que había trastocado su vida desde hacía unas horas.

Unos instantes después, dejaron la moto en una pequeña zona de aparcamiento y se dirigieron a la entrada del hotel.

—Esperemos que tengan una habitación libre —dijo Carlos, y luego añadió volviéndose hacia ella y arqueando una ceja—: Y que no sea muy cara.

—¿Cómo? Ah, sí, claro...

Ella se había olvidado ya de ese asunto que tanto parecía preocuparle. Se preguntó lo que él pensaría si le dijera que con lo que tenía en la cuenta del banco podría comprar todo el hotel al contado y aún le sobraría dinero.

Pero eso era el tipo de cosas que no estaba preparada para compartir con él. Aún no. Y, tal vez, nunca.

Sería una estúpida si le contase los verdaderos motivos que habían propiciado el fracaso de su boda. Hasta el momento, él solo conocía a la señorita Jones, la mujer que había encontrado en la cuneta de una carretera y a la que había rescatado del desastre emocional que había dejado atrás. Y quería que las cosas siguieran así. Sobre todo, teniendo en cuenta que el hombre tan increíblemente atractivo que tenía ahora al lado parecía sentirse atraído por ella casi tanto como ella por él.

Una sorpresa inesperada y desagradable vino a turbar sus pensamientos. El terreno era bastante irregular y los zapatos de raso que llevaba, demasiado frágiles. Y además estaban empapados y muy deteriorados con tanta lluvia. Así que al pasar por una zona especialmente mal asfaltada, resbaló. Las suelas de los zapatos se fueron por un lado y los pies por el otro. La delicada tela de las zapatillas se rasgó y ella lanzó un grito de sorpresa, al tiempo que abría los brazos para tratar de conservar el equilibrio.

Cuando parecía que iba a caer de bruces sobre el tosco pavimento de la entrada, Carlos reaccionó, con unos reflejos envidiables, agarrándola por los brazos antes de que perdiera el equilibrio del todo. La tomó en brazos, pasándole una mano por la cintura y la otra por debajo de las rodillas, con la misma facilidad que si fuera una niña de tres años.

–Vamos adentro –dijo él, apartando de una patada lo que quedaba de los zapatos y subiendo con ella las escaleras de la entrada del hotel.

La mujer de la recepción puso cara de asombro al verlos entrar de ese modo, pero Carlos se dirigió a ella con toda naturalidad, con Martha en los brazos.

–El cartel de ahí fuera dice que tienen habitaciones.

Martha pensó que nunca le había parecido su acento

tan atractivo y tan sexy. ¿Sería porque estaba ahora en sus brazos y tenía la cabeza apoyada en su pecho?

–Por supuesto, señor –dijo la mujer, dirigiéndole una amplia sonrisa, sin mirar siquiera a Martha–. ¿Qué desea concretamente?

¿Qué deseaba él concretamente?, se preguntó Martha.

Ella, por su parte, se debatía entre emociones opuestas, sin saber bien por cuál de las dos dejarse llevar. Casi podía oír el latido de su corazón y oler el perfume de su cuerpo. Con un poco que girase la cabeza, podría acariciarle el cuello con los labios como había hecho antes cuando él la había besado. Ella deseaba sus besos. Deseaba más de él. Quería seguir como ahora, en sus brazos, pero sintiendo su calor entre los muslos. Sin embargo, no podía evitar que el corazón le diese un vuelco solo de pensar que podía quedarse a solas con un hombre desconocido, encerrada en la habitación de un hotel.

Mientras la recepcionista rellenaba los datos en el ordenador, Carlos aprovechó la ocasión para hacerle una pregunta a Martha.

–¿Una habitación o dos? –murmuró él en voz baja a su oído para que la recepcionista no lo oyera.

Ella se estremeció al sentir su aliento cálido. ¿Había oído bien? Miró hacia arriba y se encontró con la mirada sombría de Carlos clavada en sus ojos, y no le cupo ninguna duda entonces de que le había hecho esa pregunta. Él le estaba dando a elegir y ella sabía que él acataría su decisión fuera cual fuera. Eso era algo que la tranquilizaba.

Eso y saber que a él no le importaba quién era ni el dinero que tenía. Ella no era, para él, más que una mujer que había conocido y por la que se sentía poderosamente atraído. Todo lo que él deseaba de ella era ella misma.

–Una –respondió ella en voz baja, pero luego pensó que esa respuesta tan callada no iba en consonancia con sus sentimientos y dijo en voz alta a la recepcionista–: Una habitación doble, por favor.

Nada más pronunciar esas palabras, pudo oír el corazón de Carlos latiendo aceleradamente junto a su mejilla. No hacían falta palabras para saber lo que sentía.

La recepcionista siguió tecleando en el ordenador y Martha se volvió hacia Carlos, levantando la cabeza para mirarlo a los ojos.

–Puedes bajarme ya. Puedo andar sola.

–De ninguna manera, querida –replicó él, sin importarle quién pudiera estar oyéndole ahora–. He estado mucho tiempo esperando ponerte las manos encima y ahora no voy a dejarte tan fácilmente.

La recepcionista le dio finalmente la llave de su habitación y él le devolvió una sonrisa. Luego, con su pequeña bolsa de viaje colgada de la muñeca, se dirigió con Martha al ascensor.

Ella iba un poco avergonzada, consciente de que eran el centro de atención de casi todo el hotel, por las pintas que llevaban.

–¡Bájame! –exclamó ella ruborizada por las miradas de la gente.

–Ya te he dicho que de ninguna manera –replicó él con una sonrisa maliciosa, impasible ante los intentos infructuosos de ella por soltarse.

–Todo el mundo nos está mirando.

–Déjalos que miren –replicó él imperturbable–. Ahora llama al ascensor, querida. Cuanto antes lleguemos arriba, mejor.

–¡Carlos! –protestó ella débilmente, apretando el botón, consciente de que la única forma de acabar con aquel espectáculo público era meterse inmediatamente en el ascensor.

Por suerte, llegó rápidamente y Carlos entró con ella y la dejó bajar por fin de sus brazos. Pero lo hizo muy despacio y cuidando muy bien de que se deslizase por todo su cuerpo de forma que él pudiera sentirla estrechamente, frotando cada una de sus curvas contra su cuerpo duro y musculoso y cada vez más excitado.

El calor y la química que había entre ellos era algo más que una simple metáfora. Daba la impresión de que ese calor desprendía vapor entre ellos y que las ropas empapadas de ambos podían empezar a secarse en cualquier momento.

Carlos la llevó entonces a un rincón del ascensor, dejándola con la espalda pegada a la pared. Luego le puso las manos a cada lado de la cabeza, como si quisiera encerrarla en la jaula de su cuerpo, y la besó. Fue un beso largo y profundo en el que puso toda su pasión.

Ella sintió que le flaqueaban las piernas y que la cabeza le daba vueltas. La besó tan hondamente que ella creyó desmayarse. Sintió una oleada de calor y deseo tan ardiente que parecía derretirla por dentro, haciéndola anhelar cosas que nunca antes había imaginado. Le pasó los brazos alrededor del cuello, enredando los dedos en sus oscuros mechones de pelo, ahora húmedos, y ofreciéndole la boca entreabierta para que él pudiera profundizar y prolongar aún más sus besos, mientras su lengua bailaba estrechamente con la suya, entregada a las maravillosas sensaciones que fluían a través de ambos. Se apretó contra él un poco más hasta sentir la evidencia de su erección entre los muslos. Escuchó sus suspiros y jadeos, y sonrió satisfecha al comprobar que sus deseos eran un fiel reflejo de los suyos.

–Carlos... –susurró ella, acariciándose ella misma

contra su cuerpo y arrancándole a su vez gemidos de placer–. Deseo...

–*Preciosa... Hechicera...* –dijo él en español, deslizando las manos a lo largo de su cuerpo y bajándole luego la chaqueta de cuero hasta la mitad de los brazos, para poder disfrutar de la forma de sus pechos y del valle que surgía entre ellos a través de la seda de su vestido.

–Hechicera –exclamó ella casi sin aliento–. ¿Qué es eso?

Él se lo tradujo lo mejor que pudo, diciéndole que era una maga seductora.

El ascensor se paró entonces en el piso donde estaba su habitación.

Las puertas se abrieron con un clic, recordándoles que podía haber gente esperando para montarse.

Por suerte, no había nadie. Todo el pasillo estaba vacío. Pero Martha no pudo evitar una carcajada al darse cuenta del susto que él se llevó al ver abrirse las puertas de repente.

–«Déjalos que miren», dijiste antes –replicó ella en broma–. Pero apostaría algo a que te habrías llevado un susto de muerte si hubiera habido alguien esperando en la puerta del ascensor.

–Sí, no me habría hecho ninguna gracia. Pero solo porque habría retrasado nuestra entrada en la habitación –replicó Carlos–. Pero así ya no tendremos que esperar nada para...

Él aprovechó que no había nadie a la vista para estrecharla en sus brazos. Ella, por su parte, con los brazos alrededor de su cuello, se apretó a su cuerpo para que la besara una y otra vez, de forma que él la llevaba casi a rastras, dando bandazos a uno y otro lado del pasillo al no poder ver por donde iba por tener la cara tapada, ya que ella no dejaba de besarlo.

–*Querida*... Espera un poco... Si no, no podré ver dónde está nuestra habitación.

–¿Qué número es?

–La 305.

Martha apartó la boca de la de Carlos solo el tiempo necesario para echar una mirada alrededor.

–Aquí está.

Carlos metió la mano en el bolsillo, buscó a tientas la tarjeta de acceso y la insertó en la cerradura.

Pasaron dentro a través de una alfombra de color rojo que había a la entrada. Carlos cerró la puerta con el pie y se dirigieron impacientes a la cama movidos únicamente por el deseo.

Él tiró su bolsa de viaje a un lado y ella su bolso al otro. Luego Martha se dejó caer en la colcha de color crema y Carlos se puso encima de ella, sin dejar de besarla.

Le acarició el pelo, todo enmarañado y despeinado por la lluvia, susurrando algunas palabras en español mientras se lo llevaba a la boca y lo besaba. Luego se deslizó hacia abajo, acariciándole el cuello, los hombros y los pechos.

Martha, embriagada de placer, echó la cabeza hacia atrás sobre la almohada, arqueándose y ofreciéndose a sus besos.

–He querido hacer esto desde el primer momento en que te vi. Deseaba tocarte aquí... y aquí... –susurró Carlos tocándole los pechos a través de la delicada seda del vestido–. No sabes lo que tuve que controlarme mientras te rompía el volante del traje, cuando lo que estaba deseando hacer realmente era esto...

Le subió la falda y le acarició los muslos suavemente con la mano hasta llegar al lugar donde terminaban las medias y quedaba la carne al descubierto. Comenzó entonces a trazar unos círculos eróticos alrededor con los dedos mientras besaba la pequeña parte de sus pechos que se abrían bajo el escote de su vestido.

Ella sintió un fuego abrasador amenazando con derretirla por dentro. El contacto de sus manos y de su boca en la piel, estaba provocando en ella la tormenta que había estado esperando desde que se conocieron. Era como estar inmersa en un mar embravecido, en el que unas olas gigantes de placer rompían sobre ella una y otra vez con una fuerza salvaje, impidiéndole pensar en otra cosa que no fuera entregarse a él.

Deseaba tocarlo. No podía tener las manos quietas, deseaba explorar su cuerpo, largo y musculoso, que presionaba sobre el suyo en la suavidad y blandura de la cama. Le pasó los dedos por la espalda, por los brazos y por su torso escultural, sintiendo la dureza de sus músculos bajo la piel caliente y sudorosa. Se le había subido la camiseta por encima de la cintura y ella pudo deslizar la mano por debajo del cinturón.

Carlos seguía besándola en los pechos, cuyos pezones se erizaban cada vez más como pugnando por verse libres del sujetador que les impedía recibir sus caricias con mayor intimidad.

–Carlos... –susurró ella, revolviéndose inquieta bajo su cuerpo, sumergida en la fragancia de su olor masculino mezclado con el aroma del deseo que lo hacía más excitante y embriagador que cualquiera de los perfumes más caros y seductores.

Cerró los ojos al sentir sus dedos por debajo de la fina tela de encaje de las bragas que era ya lo único que se interponía entre él y el punto más íntimo de su feminidad. Carlos comenzó a acariciarle los pliegues carnosos que servían de pórtico de entrada a su zona más erógena. Cuando ella gimió de placer, él le bajó las bragas con suma delicadeza.

–Tú también... –dijo Martha, desabrochándole la hebilla del cinturón con mano temblorosa.

–*Un momento* –replicó él, sujetándole la mano.

Martha advirtió un gesto de preocupación en su mirada. Estaba tan cerca de ella que pudo ver sus ojos verdes cubriéndose de una sombra oscura hasta casi teñirlos de negro.

Era evidente el deseo que nublaba su miraba pero, por alguna razón inexplicable, estaba haciendo un gran esfuerzo por controlarse. Lo demostraba su estado de tensión.

Sintió un gran satisfacción al comprobar el efecto que ella, como mujer, podía causar en un hombre como él.

–¿Ocurre algo? –preguntó ella nerviosa, pasándose la lengua por los labios.

–Tenemos un problema. No llevo preservativos. No esperaba que pasase... esto.

–Yo tampoco...

Él no llevaba preservativos.

Martha había oído sus palabras, pero se negaba a aceptarlas. Su cuerpo ardía de deseo. No podía pararse ahora. Se moriría si lo hiciera. Su cuerpo se rompería en mil pedazos y luego sería imposible recomponerlos.

–Mi bolso... –dijo ella–. Creo que llevo alguno ahí.

Gavin, por supuesto, no había querido tener hijos con ella y había insistido en usar preservativos cuando hiciesen el amor por la noche.

¡Qué diferente era Carlos de él!

Entre otras muchas cosas, Gavin era el pasado, y Carlos, el presente. Su exnovio le había hecho sentirse como si fuera una mujer que no tuviera nada que ofrecer a un hombre, a excepción de la fortuna que había ganado por azar en un golpe de suerte. Carlos, por el contrario, la hacía sentirse toda una mujer, maravillosa, especial y... deseable.

Sí. La hacía sentirse deseada. Y eso era lo que más necesitaba. Deseaba pasar esa noche con él en la habitación de aquel hotel. Aunque solo fuera una noche, podría ser suficiente para ella.

Señaló hacia donde había dejado caer el bolso en el suelo, al entrar en la habitación. Carlos se inclinó, con la mitad del cuerpo fuera de la cama para buscar la caja de preservativos en el bolso. Tardó tan poco en encontrarla que ella apenas tuvo tiempo de sentir la pérdida del calor de su cuerpo.

–*Preciosa*... susurró él, mientras la besaba en el cuello, embriagándola con su aliento cálido y limpio.

–¿Qué significa eso? –preguntó ella, deseando saber todo lo que pensase de ella.

–Que eres muy hermosa –respondió él, y luego añadió mirándola fijamente–: ¿Dudas de mí?

¿Cómo podía dudar de él al ver esa mirada tan profunda en sus ojos verde musgo que parecían traspasarla?

–Tú también eres muy atractivo –se atrevió a decir ella con los labios resecos–. Me haces desear...

Una sentimiento de vergüenza se apoderó de ella, al instante, ahogando sus palabras, sorprendida por haber sido capaz de decir una cosa así.

–Dime, *querida*, ¿qué es lo que deseas?

Su voz, aunque suave, parecía una orden.

Ahora o nunca, se dijo ella.

–Ya lo sabes... Quiero que me beses –replicó ella, pensando que tenía que dejar a un lado su timidez.

–No tenías más que pedírmelo –dijo él, poniéndole una mano en la barbilla y besándola suavemente–. ¿Así?

–No, así no. Ya sabes cómo –replicó ella con una sonrisa, abriendo los labios entregada.

Se sentía otra mujer. Una mujer nueva, más desinhibida y capaz de llegar a todo con ese hombre al que estaba ofreciendo su boca, tratando de apoderarse del calor de sus besos.

–Muéstrame entonces lo que deseas –dijo él en tono desafiante con un brillo de deseo en sus maravillosos ojos verdes.

–Me refería a esto... –dijo ella, alzando la cabeza y apretando la boca contra su mejilla para saborear el olor de su piel y sentir en los labios la suave aspereza de su barba del día–. Y a esto...

Martha deslizó la lengua lentamente desde la mejilla hasta la comisura de sus labios de forma provocadora.

Él permaneció inmóvil al sentir sus caricias, pero ella sabía muy bien que estaba luchando para tratar de refrenar su deseo. Vio cómo le temblaba los músculos de la cara y adivinó que estaba a punto de perder el control, pese a sus esfuerzos.

Sintió el corazón latiéndole a toda velocidad al comprobar el poder que ejercía sobre él. Era una sensación excitante que, mezclada con el ardiente deseo que embargaba todo su cuerpo, le hacía sentirse como si estuviera tambaleándose al borde de un precipicio muy alto y peligroso y tratara a duras penas de conservar el equilibrio. Pero le satisfacía pensar que si se caía, Carlos caería también, abrazado a ella.

–Y a esto... –añadió ella, acercando ahora abiertamente su boca a la suya.

Él reaccionó de forma instantánea, besándola de forma apasionada, aplastando sus labios entre los suyos.

Ella sintió una nueva oleada de deseo y se aferró a

sus hombros anchos y rectos, clavando las uñas en sus músculos duros y tensos mientras sus piernas perdían toda su fuerza bajo el poder de su cuerpo.

–Deseo... –comenzó diciendo ella.

Pero no pudo terminar la frase. Sus palabras quedaron ahogadas en la garganta por sus besos casi salvajes.

Trató de incorporarse en la cama, pero él la sujetó, dispuesto a llevar la iniciativa.

–Ahora me toca a mí –dijo Carlos–. Quiero verte desnuda debajo de mí, abierta al deseo...

Sin dejar de besarla, le desabrochó la cremallera de la parte de atrás del vestido y se lo bajó hasta la cintura para gozar de la visión de sus pechos y del valle perfumado que se abría entre ellos.

Su boca se deslizó por las laderas de aquellas colinas maravillosas, lamiendo, mordisqueando y pellizcando su piel suave y su carne tierna y cremosa.

–Carlos... –musitó ella entre gemidos de placer, hurgando con la mano por debajo de su camiseta y apartándola a un lado para satisfacer el apremiante deseo de tocar su piel y sentir el contacto de sus músculos bajo las yemas de los dedos.

Él le soltó entonces el cierre del sujetador, dejando al descubierto sus pezones rosados y anhelantes. Bajó la cabeza y acarició con los labios uno de ellos, lamiéndolo con fruición.

Ella pareció olvidarse entonces de todo. Incluso de su nombre. Solo acudió a su mente ese extraño apellido que le había dado y que le parecía muy apropiado en ese instante.

–¡Diablo...! ¡Oh, Diablo!

Carlos alzó la cabeza y la miró fijamente a los ojos. Ella advirtió el deseo en su mirada y una llama ardiente en sus mejillas encendidas.

–No puedo prometerte nada. Esto puede que no dure siempre.

Ella estuvo a punto de soltar una carcajada, sorprendida de que él creyera que eso podía importarla. Ella tampoco estaba pensando en que eso durara eternamente. Solo quería disfrutar del momento.

–No estaba pensando en el futuro –dijo ella en voz baja–. Lo único que importa es el presente.

Y, sin esperar su respuesta, hundió de nuevo su boca en la suya, mientras le aflojaba el botón de los pantalones e introducía luego la mano por dentro. Sintió su poderosa erección entre los dedos y tiró instintivamente de la cremallera hacia abajo para sentir su dureza y su calor de manera más íntima y directa.

–*Madre de...* –exclamó él, al sentir el contacto de su mano alrededor del miembro.

–Ahora... –susurró ella, recalcando la palabra como si el deseo le quemara la sangre–. Ahora...

–El preservativo... –dijo él, tratando de poner un poco de cordura en aquel momento de locura.

Se apartó un instante de ella y alcanzó la caja de los preservativos que había dejado a su alcance. Fueron solo unos segundos pero a ambos se les hizo toda una eternidad.

–Date prisa... –dijo ella impaciente, tratando de ayudarle.

Pero era tal su deseo que solo contribuyó a complicar las cosas, entorpeciéndole la operación.

Él soltó una maldición y la apartó suavemente para poder rasgar uno de los sobres de papel de aluminio. Cuando por fin pudo ponérselo, se colocó de nuevo encima de ella, para sentir en su miembro el calor de su sexo.

–Afuera con esto –dijo él rasgándole las bragas y

comenzando a acariciar los pliegues húmedos alrededor de su clítoris ya hipersensibilizado.

–Basta ya –replicó ella casi sin aliento–. No me hagas esperar más... Ahora...

–Está bien, ahora... –dijo él, haciéndose eco de sus palabras y apoyándose en los codos para amortiguar el peso que ejercía sobre ella.

Martha había pensado que estaba preparada para esa experiencia. Lo deseaba desesperadamente con toda su alma. Estaba loca de deseo. Tenía el cuerpo abierto y preparado para él. Lo deseaba tanto que no se había parado a pensar que esa era su primera vez. Pero no quería que él se diera cuenta.

Sin embargo, cuando sintió su miembro penetrando completamente dentro de ella en toda su longitud y grosor, aunque sintió un gozo inenarrable, no pudo ocultar un cierto sentimiento de dolor y pérdida. Su cuerpo la traicionó. Se puso rígida y tensa.

Carlos se dio cuenta de ello y pareció perder también parte de la pasión del momento.

Alzó la cabeza ligeramente de sus pechos. Algo no iba bien.

–No...

No, él no podía parar ahora. No podía apartarse así de ella. Ahora no. Ni ahora ni, tal vez, nunca...

Ella le acarició el pelo y lo besó en la boca para silenciar cualquier nueva protesta y abrió las piernas ofreciéndose aún más a él, moviendo al tiempo las caderas hasta oír los gemidos de sus labios. Luego, aún con una mano en su pelo, le acarició la espalda con la otra, sintiendo sus músculos tensos y su erección cada vez más poderosa dentro de ella. Parecían fundidos en un solo cuerpo.

–¡Jones! –exclamó él con un gemido gutural.

–¡Diablo! –replicó ella–. No te detengas ahora. Ahora no, por favor...

–¿Detenerme? ¡Por todos los diablos! Eso sería pedir demasiado a un hombre en este momento.

Él le agarró las manos para que dejara de atormentarlo con sus caricias y se las puso por encima de la almohada, una a cada lado de la cabeza. Luego clavó sus ojos verdes en los ojos grises de ella. Martha sintió entonces una mezcla de emoción y temor al ver el deseo tan salvaje que había desatado en él.

–Si es esto lo que deseabas... créeme que vas a tenerlo –dijo él.

Manteniéndola sujeta por las muñecas, comenzó a acariciarle los pezones con la lengua y luego con los labios y los dientes. Primero un pecho y luego el otro, lamiéndole las aureolas y metiéndose luego todo el pezón dentro de la boca, succionándolo intensamente, desde su nacimiento hasta la punta, hasta conseguir que se retorciera de placer.

Y, mientras lo hacía, acompasaba sus empujes, unas veces suaves y otras más enérgicos y profundos, para prolongar el acto con gran habilidad. Parecía salir de ella en ciertos momentos para luego penetrarla con mayor virilidad, frotando con sus movimientos su punto más sensible y provocando en ella, con esa combinación de caricias, un efecto devastador.

Martha se sentía como si estuviera a la deriva en un mar salvaje de sensualidad. Sin voluntad y sin otro deseo que olvidarse de todo y entregarse rendida a esas olas que la llevaban en volandas para sumergirla en un mundo de placer y deseo como nunca había imaginado.

Sentía a Carlos omnipresente por todo su cuerpo. Percibía el aroma de su pasión, la esencia íntima de su excitación, el sabor de su piel, el fuego de su boca, el suave roce de su pelo contra su piel y su carne desnuda. Estaba a merced de una serie de sensaciones que ella nunca habría imaginado que pudieran existir y que no sabía adónde podrían llevarla.

Entonces, cuando pensaba que podría ahogarse en aquella vorágine de placer, sintió una sensación nueva y sorprendente. Un calor ardiente invadió todo su cuerpo. Sintió ganas de gritar y de llorar. Creyó verse ascendiendo libre de peso hasta un lugar que ella desconocía...

—Vamos, Jones —le susurró él al oído, con su aliento quemándole la piel—. Déjate ir, entrégate a mí. Ven conmigo, *querida...* ven, *ángel mío...*

Un empuje más vigoroso que los anteriores, una nueva caricia en sus pechos, y ella se sintió volando hacia las estrellas, perdiéndose completamente en el espacio con un grito agudo y salvaje de placer. Parecía estar fuera de su cuerpo. No podía ver ni sentir, solo dejarse llevar y arrastrar por esa experiencia maravillosa.

Lo único que pudo percibir, unos segundos después, fueron las convulsiones y gemidos de Carlos uniéndose a ella en aquel vuelo hacia el éxtasis final.

Capítulo 4

MARTHA ya no podía aguantar más el cúmulo de sensaciones que la abrasaban por dentro, anulando su mente. No podía seguir habitando por más tiempo en aquellas alturas de placer y sensualidad. Así que, lentamente, vio cómo esa sensación placentera se desvanecía, recuperando poco a poco, con cierto pesar, su estado de normalidad.

Su respiración comenzó a relajarse y su frenético ritmo cardíaco a recobrar sus pulsaciones de reposo. Parpadeó con fuerza un par de veces hasta comprobar que estaba descendiendo a la tierra de nuevo, de vuelta a la realidad.

Se vio tumbada en la cama, quieta y exhausta, bajo el peso de Carlos.

Sabía que él seguía allí por el calor y la presión de su cuerpo, pero no se atrevió a mirarlo a la cara para intentar averiguar lo que estaba pensando. La experiencia tan excitante que acababa de vivir a su lado aún nublaba su mente. Había conseguido llevarle más allá del límite de su control.

¿Habría hecho algo malo?, se preguntó ella. ¿Lo habría decepcionado de alguna manera?

No tenía apenas experiencia para poder hacer comparaciones. No tenía forma de saber si había sido tan buena para él como él lo había sido para ella.

Creyó oír entonces aquellas terribles palabras de Ga-

vin, amenazando perturbar la felicidad del momento:
«Será como dormir con un caballo».

Trató de olvidarlas.

Él la había deseado. De eso no le cabía duda. La había
deseado. Y ella lo había deseado a él con toda su alma.

¿Por qué iba entonces a arrepentirse de nada?

¿Por qué iba sentir el menor recelo por lo que había
sucedido?

¿Cómo podía lamentar haberse iniciado de esa
forma tan gloriosa en la realidad del sexo?

Nunca se había imaginado que pudiera haber algo
así. Había sido fabuloso. No tenía punto de comparación con lo que había oído o leído sobre el tema.

¿Quién podría arrepentirse de una experiencia como
esa?

Ella, desde luego, no.

¿Y Carlos?

Se estremeció interiormente como si él hubiera podido escuchar el sonido de su nombre en sus pensamientos.

Carlos se revolvió en la cama, suspiró profundamente y se dejó caer a un lado de ella, quedándose tendido boca arriba.

—Esto no debería haber ocurrido nunca —dijo él con
cierta aspereza.

Ella escuchó angustiada sus palabras, pero conser-
vando aún íntegras sus esperanzas. De lo contrario, esa
declaración tan fría y tajante le habría sonado a un to-
que de difuntos.

Pero tampoco podía olvidar un detalle muy importante. El hecho de que ella, debido a su poca experiencia, no pudiera hacer comparaciones no significaba que
Carlos estuviese en el mismo caso. Para él, sin duda
mucho más experimentado, aquella relación podía ha-

ber resultado muy diferente. Tal vez, hubiera deseado tener una pareja sexual más experta que pudiera estar a su altura. Una mujer que fuera tan buena en la cama como él, no una principiante como ella que se había sentido fascinada y casi había perdido el conocimiento en el éxtasis de su primer orgasmo.

–Puedes decir lo que quieras –dijo ella con voz temblorosa–. Pero no me pareció que tratases de luchar por evitarlo.

–Tienes razón –replicó él.

Carlos se sentó en la cama, miró el preservativo con gesto airado y se lo quitó bruscamente tirándolo a la basura.

–No me esforcé lo suficiente para evitarlo. Ese ha sido mi peor error –añadió él.

Martha lo miró fijamente y se mordió el labio inferior, preguntándose si él era consciente del daño que le hacían sus palabras al describir con ese desdén lo que acababa de pasar entre ellos, los momentos tan maravillosos que habían compartido. Ahora comprendía que solo ella había puesto el alma. Aquel momento mágico en que ella había perdido su virginidad, tratando de disimularlo, él lo había calificado como «su peor error».

–Yo lo deseaba y... –dijo él con aire compungido, de espaldas a ella.

¡Maldita sea! No estaba dispuesta a escuchar disculpas. Nadie tenía culpa de nada. Ambos eran adultos y sabían lo que hacían.

–Y yo también.

–Sí, ya sé que tú lo deseabas. Me lo dejaste muy claro –dijo él, llevándose las manos a la cara y luego pasándoselas por el pelo en un gesto que ella no supo decir si era de rabia o de disgusto consigo mismo, dado que no le veía la cara para poder interpretar su expresión–. El problema es que tengo una regla personal que tú me has hecho romper.

–¿Una regla? ¿Qué regla? –preguntó Martha.

Carlos se giró entonces hacia ella.

Martha se estremeció al ver la expresión de rechazo en su cara y se agarró a la almohada sintiendo que la sangre se le helaba en las venas.

–Eras virgen –afirmó él en un tono acusador como si eso fuera el mayor pecado del mundo.

Carlos tenía el rostro contraído, los ojos entornados y la mandíbula desencajada, demostrando el estado de tensión en que se hallaba.

Tras los ardientes momentos vividos hacía solo unos minutos, ella sintió como si le echaran ahora de repente un jarro de agua de fría por la espalda y le devolvieran a una amarga realidad.

–No creo que haya podido pillarte de sorpresa –dijo ella secamente–. ¿O es que acaso no te fijaste en mi vestido blanco... y en mi velo de novia? –añadió ella señalando bruscamente hacia los restos de su traje de novia desparramado sobre la colcha.

–A las mujeres les gusta ir vestidas de blanco a su boda, aunque ese no sea el color más apropiado a su condición.

–Veo que eres de esos que no se fía de lo que pone en las etiquetas, ¿eh? –dijo ella en tono desafiante, pero con un sentimiento de dolor y decepción.

–¿*Qué?* –exclamó él, al no comprender bien la frase.

–No pensaste que podía tener derecho a ir de blanco a mi boda, ¿no es verdad?

Carlos pensó que no era el momento adecuado para decirle que su perfume tan sensual se le había subido a la cabeza y a otras partes más primitivas de su anatomía cuando le había desgarrado el volante de la falda.

Que su cuerpo sensual y voluptuoso había despertado su deseo antes de que supiera nada sobre ella. Que tenía el corazón aún acelerado después de haber probado el sabor de su boca y haber sentido el contacto de su piel. Que con sus pezones rosados en la boca y ardiendo de deseo, sacar conclusiones racionales sobre el tipo de mujer que era habría sido en lo último en lo que hubiera pensado.

Carlos nunca había deseado a una mujer tanto como a la señorita Jones. Y, de modo muy especial, porque ella se había entregado a él en su condición de Carlos Diablo. Solo como un hombre. Sin saber nada de su pasado ni de su riqueza.

Ahora, en cambio, no podía pensar con claridad, obsesionado por haber quebrantado su regla número uno y no haber sido capaz de ejercer ese autocontrol del que se sentía tan orgulloso. Le dolía la cabeza solo de imaginar las consecuencias que ello podría acarrear.

Cuando era niño, poco después de que su padre muriese y de que su madre lo abandonase, había tenido una pesadilla recurrente. Estaba dormido en la cama, aunque él no era consciente de ello, y cuando miraba a su alrededor, veía que las paredes de la habitación comenzaban a estrecharse y el techo a bajar amenazando con aplastarlo.

Era lo mismo que sentía ahora, aunque estaba despierto. La única vez que había tenido una sensación parecida había sido a los dieciocho años cuando Eve, otra maldita virgen...

–¿Por qué no pensaste que era virgen? –preguntó Martha, interrumpiendo sus amargos recuerdos.

–Has estado prometida. En los tiempos actuales, la mayoría de la gente mantiene relaciones íntimas antes de legalizar su relación. Además, tenías preservativos en el bolso y no parecías comportarte exactamente como una virgen. No podía sospechar que...

–¿Y si te hubieras dado cuenta?

En ese caso, él nunca la habría tocado. La habría acompañado al tren o al autobús, tal como había pensado inicialmente, y se habría alejado de ella, con la satisfacción de haber conservado la libertad que tanto valoraba. Una libertad que no valía la pena arriesgar solo por el deseo fugaz de una noche, por mucho que la sangre que corría de forma alborotada por sus venas le dijese lo contrario.

De hecho, empezaba a sentir un deseo irrefrenable de volver a hacer el amor con ella. Pero sabía que ese placer llevaba aparejado toda una serie de ataduras y compromisos.

Se sentía atrapado, no podía respirar. Y lo peor de todo era saber que ese estado de ánimo era consecuencia de su propia estupidez. Y de su lujuria. Había tenido más sensatez a los dieciocho años. Había perdido el control, quedando a merced de su deseo por una mujer y olvidando las amargas lecciones que había aprendido en el pasado.

–La cosa es muy sencilla de entender. No me acuesto con vírgenes.

Si ella había estado antes fría y distante, ahora parecía como si en vez de sangre tuviera hielo en las venas. Sin embargo, su cuerpo aún palpitaba bajo los efectos de la pasión que pensaba haber compartido con Carlos. Pero él no mostraba el menor signo de sentir nada parecido. La dureza de su rostro y la línea sombría de su boca así lo reflejaban.

De nuevo las palabras hirientes de Gavin resonaron en su mente: «Espero que eso me ayude a pasar el trago... Será como dormir con un caballo...».

Todos los complejos que creía ya olvidados resurgieron de nuevo con mayor fuerza que antes. Lo había decepcionado. Había demostrado su inexperiencia. No le había dejado satisfecho.

–¿Y eso por qué, si puede saberse? –preguntó ella con una voz que no reconoció como suya.

–La vírgenes tienen tendencia a aferrarse a uno y no soltarle nunca –respondió él con un tono de voz plano, carente de toda emoción.

Era obvio que esa declaración era consecuencia de una experiencia del pasado.

–Y supongo que tú no quieres que nadie se aferre a ti, ¿verdad?

–Te lo dejé bien claro desde el principio. Nada de compromisos, ni ataduras, ni proyectos de futuro. Pero las vírgenes tienen estrellas en los ojos y sueñan con un príncipe azul y un mundo eternamente feliz.

Martha había visto ya las estrellas una vez esa noche y no necesitaba una segunda lección.

Pero eso era lo que la vieja Martha decía. La que había llegado virgen a los veintitrés años porque no había vivido la vida hasta ahora. La que había estado cuidando de su madre enferma durante tanto tiempo que le costaba trabajo recordarlo. La virgen, tanto en el aspecto sexual como social, que había creído ingenuamente haber encontrado la felicidad al conocer a Gavin. La que había tenido en los ojos estrellas tan brillantes que la habían cegado, impidiéndole ver que, en realidad, solo se había enamorado de la idea del amor.

Pero se había jurado dejar atrás a la vieja Martha.

Porque ella deseaba al hombre que estaba ahora sentado a unos metros de ella.

Aún podía sentir el influjo sexual que ejercía sobre ella. Ese cuerpo alto y esbelto, de anchos hombros y piernas fuertes y musculosas, que parecía llenar la habitación. Con sus facciones tan varoniles y esos pómulos que parecían esculpidos con un cincel. Con la piel bronceada como si estuviera bañada en oro. Con su pelo fuerte y sedoso, siempre algo revuelto, y la mandíbula ahora más oscura por el día que llevaba sin afeitar, dándole un aspecto aún más peligrosamente atractivo.

Todavía conservaba su olor en el cuerpo y el sabor de sus besos en la boca. Si se pasaba la lengua por los labios, podía revivir de nuevo todas las sensaciones de hacía unos minutos. Había sido lo más excitante que había vivido nunca. Y deseaba más. Pero el rictus amargo de su boca y la expresión sombría de sus ojos verdes le advertían de que no debía insistir en ello. De momento.

—Tal vez algunas mujeres sean como dices —replicó ella con cierta cautela—. Pero eso no es lo que yo deseo de ti. Solo somos un par de extraños, dos barcos que se cruzan en la noche, ¿recuerdas? Fue bonito mientras... ¿Qué estás haciendo?

—Vestirme —contestó él, con voz serena pero con una mirada mordaz, recogiendo los pantalones vaqueros del suelo—. Necesito un poco de aire fresco...

Martha miró la ropa que habían tirado al suelo hacía solo unos minutos en el calor de su pasión y sintió como si todo eso hubiera sucedido muchos años atrás.

—Está bien.

«Las vírgenes tienen tendencia a aferrarse a uno», se repitió ella.

¿Sería verdad?

Martha no lo sabía con certeza pero estaba decidida a demostrarle que, al menos en su caso, eso no era verdad. Preferiría morirse antes que admitir que se estaba desgarrando por dentro al ver cómo se ponía los pantalones y se abrochaba el botón de la bragueta como si necesitase protegerse contra ella.

Esa mañana, había dejado atrás a un hombre y, tal vez, esa noche tuviera que repetir esa experiencia de nuevo. Aunque, más bien, sería Carlos el que la dejase a ella. Si no la deseaba, ella tampoco iba a arrastrarse mendigando...

Pero estaba segura de que la había deseado. Al menos, esa primera vez. Sí. La había deseado con una pasión incontrolable en cuyo fuego los dos se habían abrasado. Eso no lo podía negar. Parecía imposible que esa llama se hubiera apagado en tan poco tiempo, cuando su cuerpo aún crepitaba en el rescoldo del increíble orgasmo que había experimentado.

Pero si para él no quedaba de todo eso más que las frías cenizas, ella no iba a humillarse para tratar de retenerlo.

—Necesitarás esto si vas a salir —dijo ella, dándole la camiseta que estaba al pie de la cama—. Y esto otro —añadió, señalando hacia la chaqueta de cuero.

—Gracias..., señorita Jones —replicó él con retintín, encogiéndose de hombros y poniéndose ambas prendas.

Martha lo miró fijamente y, a pesar de todo, sintió revivir en su corazón la llama de la pasión.

Señorita Jones. El demonio y la señorita Jones... Dos personajes de ficción que se habían conocido y habían pasado una noche juntos. Él no había querido saber su nombre verdadero. No había querido saber quién era ella realmente. Había sido solo un instante fugaz. Ahora todo había terminado. De nada servía lamentarse. Había que aceptar la situación tal como era.

—¿Aún sigues aquí? —dijo ella fríamente, tratando de aparentar indiferencia—. Creí que necesitabas salir a tomar un poco el aire.

Martha lo miró a los ojos y creyó ver en ellos toda la verdad. A él le disgustaba su presencia en la habitación, una vez que la pasión entre ellos había muerto. Era cierto lo que su madre le había dicho siempre acerca de los hombres: una vez que habían conseguido lo que querían ya no volvía una a verles más el pelo. Así había sido con su padre. Le había faltado tiempo para desparecer al enterarse de que había dejado embarazada a su madre.

—Adiós, señor Diablo —exclamó ella, recalcando las palabras.

¿Pensaría irse realmente? Ella no podía imaginar cómo se sentiría si lo hiciera. Quizá, decepcionada, perdida, o, tal vez, aliviada. Probablemente, una mezcla de esas tres cosas, en dosis diferentes según su estado de ánimo. Lo que sí tenía claro era que si él pretendía con su actitud que ella le suplicara que no se fuera, ya podía esperar sentado. Le dejaría marcharse sin decirle una sola palabra para retenerlo.

Apretó los labios con fuerza y esperó en silencio con los nervios a flor de piel. Trató incluso de cerrar los oídos para no oírle moverse por la habitación hasta que el ruido de la puerta le anunció alto y claro que se había marchado y la había dejado sola.

¿Y ahora qué?, se dijo Martha, sentándose en la cama y dejando escapar en un suspiro todo el aliento contenido. ¿Adónde iría ella ahora?

«Las vírgenes tienen tendencia a aferrarse a uno». Las palabras de Carlos resonando en su mente, le dieron la pista de la única cosa sensata que podía hacer.

Si Carlos hubiera sabido que ella nunca había tenido un amante, nada de lo de esa noche habría sucedido. Él no hubiera querido hacer el amor con una virgen. Estaba convencido de que ella se aferraría a él como una lapa. Pero nada más lejos de sus intenciones.

Y había una cosa que podía hacer para demostrarle que estaba equivocado: salir de su vida y dejarlo en paz.

Aunque sospechaba que paz no era probablemente la palabra más adecuada para describir la vida de Carlos Diablo en ese momento.

«¿No tienes un trabajo, una casa o una familia esperándote?», le había preguntado esa mañana en la carretera.

Y él le había respondido de forma ambigua con una amarga sonrisa: «Solo tengo lo que está a la vista».

Ella no podía ayudarlo en eso. Pero, al menos, podía demostrarle que había personas que no pretendían forzarle a hacer lo que no quería.

Ella le había dicho que deseaba estar con él esa noche sin pedirle nada más, y estaba dispuesta a demostrarle que sabía cumplir su palabra.

Él le había dicho que eran solo dos barcos que se habían cruzado en la noche. Y esa noche, o al menos la parte de ella que habían pasado juntos, ya había terminado.

No tenía intención de estar allí cuando volviese. Podía imaginar la cara que pondría si la viese allí al volver. Había visto ya la expresión negra y sombría con la que la había mirado hacía unos minutos y no deseaba repetir la experiencia. Con una vez ya había tenido suficiente.

Sin pensárselo dos veces, y para evitar que pudiera cambiar de opinión, se bajó de la cama y comenzó a recoger sus cosas.

Capítulo 5

Cuatro meses después

Martha salió a la puerta al oír el sonido del helicóptero sobrevolando por encima de la casa. Vio entonces al aparato balanceándose ligeramente antes de tomar tierra y levantando con las hélices una gran polvareda a su alrededor. Acabó aterrizando a una distancia prudencial de la casa. El piloto demostraba tener una gran pericia. La maniobra había sido perfecta y ejecutada con tal suavidad que ni siquiera los caballos de polo que pastaban plácidamente en la pradera se habían asustado. Sin duda, debía de haber realizado esa misma maniobra en muchas otras ocasiones.

–Javier, ha llegado la visita que estabas esperando –dijo Martha entrando de nuevo en la casa, al escuchar el sonido de la silla de ruedas a su espalda.

–Ya lo he oído.

Javier Ortega se acercó a la ventana en su silla de ruedas a observar cómo las hélices del helicóptero de color negro y dorado dejaban de girar gradualmente.

Asintió en silencio con una sonrisa de satisfacción.

–Se quedará con nosotros algún tiempo –dijo él en su inglés preciso pero algo encorsetado–. Supongo que tendrás la habitación preparada, ¿no?

–Por supuesto –respondió Martha con una sonrisa, recordando el interés que él había puesto en que estu-

viese dispuesta aquella habitación en particular y no
otra–. Todo está tal como pediste. Yo me encargué de
ello personalmente.

Sonrió al recordar cómo los caprichos del destino la
habían llevado a establecerse en aquel lugar maravilloso llamado El Cielo. Era un nombre muy apropiado,
se dijo ella, contemplando la vasta extensión de los
campos que rodeaban la propiedad y las impresionantes montañas que se divisaban a lo lejos. El bosque salvaje se había transformado en un parque natural, en el
que un enorme lago invitaba a la paz y la tranquilidad
en el silencio de la noche. Era como gozar del cielo en
la tierra. Y había sido para ella un refugio providencial
cuando un giro inesperado del destino había trastocado
toda su vida poniéndola patas arriba.

Siguió contemplando el helicóptero, pero sus pensamientos estaban puestos en la habitación de un pequeño hotel donde había compartido hacía meses una
loca noche de pasión con un hombre que decía llamarse
Carlos Diablo. Realmente, solo había sido parte de una
noche y él tampoco se llamaba así. Lo había descubierto al darse cuenta de que no podía marcharse de
aquel hotel, despeinada y con un vestido de boda todo
roto y desgarrado.

Buscando alguna solución, había visto la bolsa de
viaje de Carlos en el mismo lugar en el que él la había
dejado al entrar. Estaba abierta. Así que había podido
sacar una camiseta roja limpia y unos pantalones de
chándal bastante usados. Eran demasiado largos y anchos,
pero con la ayuda de un cinturón pudo ajustárselos. Carlos era, sin duda, de los que viajaba ligero de equipaje. La única otra cosa que había en la bolsa era una cartera con su pasaporte y otros documentos.

Picada por la curiosidad, había sacado el pasaporte

de la cartera. La fotografía era algo antigua. Carlos estaba en ella bastante más joven y con la piel más lisa y menos curtida. Sin duda debía de haber tenido alguna experiencia amarga que le había cambiado de esa manera en los últimos años.

El pasaporte estaba a nombre de Carlos Ortega, no de Carlos Diablo. Él no había querido que ella supiese quién era en realidad. Del mismo modo que tampoco había querido saber cuál era el verdadero nombre de ella a pesar de que había tratado de decírselo. Estaba claro que solo había querido divertirse una noche con ella y nada más. ¿Le habría dicho alguna cosa que fuera verdad?, se preguntó ella.

El pasaporte parecía argentino y el familiar más directo era... Javier Ortega. El abuelo de Carlos, al parecer. La dirección no le había dicho nada, pero el nombre de la propiedad, El Cielo, le había resultado tan evocador que supo al instante que debía tratarse de un lugar de ensueño. Pero Carlos le había dicho que no tenía familia. ¿Habría muerto su abuelo Javier?

El Cielo y Javier Ortega eran las únicas pistas que había tenido para tratar de localizarlo.

No había sido capaz de encontrar un número de teléfono o una dirección postal o de correo electrónico para ponerse en contacto con el hombre que le había hecho vivir la noche más inolvidable de su vida. El hombre al que recordaría siempre.

Nunca hubiera esperado que aquella hermosa y enorme mansión de terracota pudiera haberse convertido en su hogar en las últimas semanas.

Un hogar para ella y para su bebé, dijo ahora Martha llevándose la mano a la túnica de color blanco, rosa y turquesa que llevaba puesta con unos *leggings*. Allí, en aquella tripa ligeramente abombada, estaba el hijo que había concebido en su aventura de una noche con Carlos. Curiosamente, había descubierto que estaba embarazada a las dos semanas de haber llegado al país natal de él.

Presintiendo un futuro incierto, ahora que la vida de casada, en la que siempre había pensado, parecía descartada, había decidido utilizar parte del dinero que había ganado en la lotería viajando por Argentina. Sería la única forma de sentirse cerca de Carlos, ya que no tenía ningún medio de ponerse en contacto con él.

Al principio, había achacado el retraso del período al ajetreo de los viajes y a la cancelación de su boda con Gavin, pero pronto se hizo evidente que era algo más que eso. Se quedó sorprendida y desconcertada, pero también emocionada. Había estado buscando una meta en su vida, y ahora había encontrado una perfecta. Una nueva persona a la que amar, una nueva vida a la que cuidar.

Pero comprendía que Carlos tenía derecho a saber que iba a tener un hijo. Ella sabía muy bien lo que era crecer sin un padre y no quería eso para su hijo. Se le ponía la carne de gallina solo de pensar en tener la oportunidad de decírselo. Estaba convencida de que él no querría saber nada del bebé. «Nada de compromisos, ni ataduras, ni proyectos de futuro». Parecía estar oyendo aún su voz diciendo aquellas palabras tan rotundas.

Pero, de cualquier modo, él tenía derecho a saber que iba a ser padre. Y eso significaba que tenía que encontrar el modo de decírselo.

–¿Ha venido solo el piloto? –preguntó ella ahora, pensando que, tal vez, habría podido acompañarle alguno de los amigos multimillonarios de Javier.

–Sí, él solo –confirmó el señor Ortega–. Si no fuera por esta maldita silla, habría salido a recibirlo.

–Estará aquí en seguida –replicó Martha, ya acostumbrada a las salidas de tono de aquel anciano condenado a su silla de ruedas.

Recordó entonces la forma tan imprevista en que habían ocurrido las cosas.

Javier Ortega la había invitado a su finca de El Cielo a que pasase unos días, mientras trataba de localizar a su nieto. Pero, justo al día siguiente de su llegada a la mansión, había sufrido un derrame cerebral y había tenido que ser hospitalizado. Cuando le dieron de alta y volvió a casa en una silla de ruedas, ella no fue capaz de dejarlo solo y se ofreció a cuidarlo, hasta que tuviera noticias de Carlos o Javier pudiera ponerse en contacto con él.

Martha se puso la mano en la frente a modo de visera para protegerse del sol, a punto de ponerse en el horizonte, y contempló la oscura figura masculina que bajaba del helicóptero. Un hombre alto y atlético saltó al suelo con gran agilidad y volvió luego la vista hacia la casa. Algo en su forma de moverse evocó en ella recuerdos conmovedores que había creído ya enterrados. Estaba aún demasiado lejos para verlo con claridad, pero tuvo un presentimiento, una especie de corazonada, que le puso los pelos de punta.

–Iré a ver cómo va la comida –dijo ella a Javier, tratando de serenarse.

Entró en la cocina a echar un vistazo a la carne que había en el horno y a las verduras que había preparado. Había también vino tinto y un postre en el frigorífico. Su presencia en la cocina no era en absoluto necesaria, pero había ido allí para sustraerse de la desazón que aquel hombre alto de cabello oscuro había provocado en ella.

–Mi abu... Javier me ha enviado para decirte que dejes de esconderte.

La voz que Martha oyó a su espalda en la puerta de la cocina la dejó helada. Pasaron en un instante por su mente los acontecimientos de su boda malograda y la noche inolvidable en aquella habitación de un motel de carretera que había cambiado su vida para siempre.

Desde entonces, ella había oído esa voz muchas veces en sus pensamientos. La había oído en sueños y también despierta, presa de agitación entre una maraña de sábanas sudorosas y húmedas de lágrimas. Pero nunca había esperado oírla de nuevo en la realidad.

Javier le había dicho que haría todo lo posible por localizar a Carlos. Su nieto no le había dejado ninguna dirección, pero él trataría de todos modos de ponerse en contacto con él.

Habían bastado unos días para que ella le tomara cariño a aquel viejo solitario cuyo orgullo no le permitía admitir que necesitara ayuda de nadie. Durante su estancia en el hospital, ella había ido a visitarlo y a llevarle todas las cosas que precisaba, y luego, al darle de alta, él le había pedido que se quedara atendiéndolo. Ella tenía experiencia en ese tipo de cosas. No en vano, había estado en la cabecera de la cama de su madre durante su larga enfermedad. Al final, había aceptado encantada quedarse en El Cielo cuidando de Javier Ortega.

Había tratado de desechar la idea de que su decisión pudiera estar influenciada por la idea de que quedándose allí, en El Cielo, el lugar que había sido una vez el hogar de Carlos, se sentiría más cerca de él. Pero era cierto que necesitaba decirle que estaba embarazada del hijo que habían concebido en aquella única noche que habían estado juntos. Él tenía derecho a saberlo y podría echárselo en cara en el futuro si ella no hiciese todo lo posible para comunicárselo. Luego, él podría tomar una decisión u otra, pero ella se sentiría con la conciencia tranquila de haber cumplido con su deber. No se hacía muchas ilusiones sobre la posibilidad de que él quisiera mantener algún tipo de relación con ella o con su hijo. Pero tampoco lo necesitaba. Tenía dinero más que suficiente para cuidar de sí misma y de su hijo durante el resto de sus vidas. Si Carlos no quería saber nada del bebé, él se lo perdía.

Pero una cosa era haberle dicho a Carlos todas esas cosas por teléfono o por correo y otra muy distinta descubrir ahora que el «visitante» que Javier le había dicho que iba a llegar ese día era el propio Carlos.

–¿Has oído lo que te he dicho? –dijo Carlos con voz firme y segura.

Era evidente que él no se había dado cuenta de quién era ella. ¿Cómo iba a sospecharlo cuando la última vez que la había visto había sido en Inglaterra, en una noche oscura y lluviosa, y, que él supiese, ella nunca había llegado a conocer su verdadera identidad?

–Señorita... –exclamó él con tono de impaciencia.

–Sí, ya lo he oído –contestó ella con voz temblorosa sin darse la vuelta.

No estaba preparada para enfrentarse a aquel hombre que había vuelto a presentarse en su vida de forma imprevista. Lo sentía muy cerca, detrás de ella, casi tocándola. Percibía el calor de su cuerpo y el olor de su piel.

No, aún no estaba preparada para ver aquella cara impresionante que parecía tallada por un escultor y aquellos profundos ojos verdes que se encenderían de ira en cuanto la viera. No habría podido resistir verlo con su camisa blanca inmaculada y su chaqueta de cuero, la misma con la que se le había aparecido tantas veces en los sueños que la habían perseguido desde aquella noche del hotel.

—Te he oído —repitió ella, sin atreverse a alzar la vista para comprobar su reacción al verla.

Sabía que en el momento en que la reconociese, se pondría hecho una furia y sus maravillosos ojos verdes se nublarían con la sombra del reproche.

—¡Tú! ¿Qué demonios estás haciendo aquí? —exclamó él en un tono tan frío y cortante que, si ella hubiera tenido alguna esperanza de que se alegrara al verla, se habría disipado en el acto.

—Yo... Tu abuelo me invitó...

Como si le hubiera puesto el dedo en alguna llaga dolorosa, Carlos reaccionó bruscamente, entornando los ojos, contrayendo la mandíbula y apretando los labios como si tratara de reprimir las crudas palabras que pugnaban por salir de su boca en ese instante.

—No me extraña —replicó él en tono despectivo—. Siempre tuvo buen ojo para las caras bonitas y las mujeres parecen encontrarse a gusto a su lado. Pero ¿cómo diablos conseguiste enterarte de que vivía en El Cielo?

—Por tu pasaporte...

—¡Ah, claro, mi pasaporte...! Estuviste registrando mi bolsa. Incluso, me robaste algunas cosas si mal no recuerdo.

—¡No es verdad, no te las robé! —exclamó ella indignada.

La camiseta y los pantalones de chándal, que se había puesto aquella noche para salir del hotel, estaban arriba, en su dormitorio, cuidadosamente lavados y planchados y en mucho mejor estado del que se los había encontrado.

—No me las robaste, claro —replicó él, haciéndose eco de sus palabras y asintiendo con la cabeza con ironía—. Y supongo que ahora me dirás que trataste de devolvérmelas, ¿verdad?

–Sí, claro que lo intenté. Yo nunca he robado nada a nadie...

–No me digas más, has hecho un largo viaje hasta aquí solo para devolverme la ropa, ¿a que sí? –dijo él con un tono cargado de cinismo–. Por eso tuviste que husmear en mi pasaporte para saber a dónde tenías que venir a traérmelas.

–No podía salir del hotel con aquel maltrecho vestido de novia –replicó Martha, tratando de justificarse–. Y en cuanto a lo de husmear en tu pasaporte..., tal vez, no lo hubiera hecho si me hubieras dicho tu verdadero nombre desde el principio.

–Es curioso que tú me digas eso... señorita Jones.

Martha adivinó el sarcasmo de sus palabras. Tampoco él se había creído nunca que ella se llamara así.

–Está bien, yo también te mentí. No te dije mi nombre porque...

«Porque no quisiste», le dijo una voz interior. «Porque dijiste que erais solo dos extraños, dos barcos que se cruzaban en la noche y nada más».

Resultaba terrible darse cuenta del daño que podían hacer los recuerdos. Pero ella no estaba dispuesta a dejarse llevar por sus sentimientos dado que él no parecía compartirlos en absoluto. Ahora comprendía que aquella noche no solo le había servido para satisfacer su deseo, sino para algo mucho más importante: conocerse mejor a sí misma.

Estaba claro que él no había pensado un solo segundo en ella desde que se habían separado. La expresión de su rostro demostraba que no se había alegrado de volver a verla, sino que, por el contrario, recelaba de las intenciones que le habrían llevado allí.

Mientras que ella no había podido apartarle una sola noche de sus pensamientos, él no se había acordado ni una sola vez de ella.

–Porque nuestra relación no era lo bastante seria como para eso –dijo él–. Dijiste que no te preocupaba el futuro, sino solo el presente.

Carlos recordó entonces aquella mañana fría y lluviosa de abril en que se habían encontrado en una solitaria carretera comarcal cuatro meses antes. Perdidos a la deriva, vagando sin rumbo en medio de un mundo que había perdido todo su sentido para ellos. Sin tener otra cosa que darse el uno al otro que sus propios cuerpos, para satisfacer su deseo y sumergirse en una vorágine de pasión que les hiciera olvidar sus frustraciones, dejando a un lado el sentido común y las normas que habían regido sus vidas hasta entonces.

Él se había sorprendido a sí mismo de su comportamiento irracional, de la irresponsabilidad de su pérdida de control. No se había comportado así desde que era un adolescente en plena pubertad a merced de las hormonas. Le costaba trabajo pensar que él fuera el mismo hombre de aquella noche.

Recordó cómo se había quitado el preservativo, después de haber hecho el amor con ella, y se había dado cuenta de que se había roto en el instante final. Consciente de la estupidez que había cometido, había sentido ganas de salir de la habitación a tomar un poco el aire para despejarse la cabeza de aquel ambiente claustrofóbico y tratar de aclararse las ideas para hablar luego con ella de forma civilizada como dos personas adultas.

Sí. Su intención había sido hablar con ella para poner en claro su situación y tratar de dar sentido a aquella pasión que había surgido de forma tan espontánea entre ellos. Había querido saber más de ella. Conocerla mejor. Hubiera deseado contarle también las circunstancias por las que su vida, igual que la de ella, se había visto trastocada y hecha pedazos. Hubiera querido decirle que aquella noche se había sentido bien por primera vez después de muchos años. Ella era la señorita Jones y él Carlos Diablo. Dos desconocidos, el uno para el otro, sin ideas preconcebidas, sin intereses ocultos y mezquinos, sin un pasado que lastrara sus sentimientos. Ella no había dado el menor signo de haber reconocido a Carlos Ortega, el presunto heredero de la inmensa fortuna de Javier Ortega, el famoso jugador de polo, tantas veces campeón, el experto criador de caballos pura sangre. Después de años de estar con mujeres en cuyos ojos solo veía la ambición por su dinero, aquella noche con ella había supuesto para él un soplo de aire fresco, una muestra de sinceridad e integridad como hacía tiempo que no veía en una mujer.

No sabía nada de ella, ni su verdadero nombre ni las verdaderas razones por las que había salido corriendo instantes antes de su boda, pero había pensado que tendría tiempo para conocerla mejor. Había llegado incluso a pensar en reconsiderar sus prejuicios con las vírgenes, Tal vez, fueran tan irrelevantes en su nueva vida como su nombre y su herencia. Había descubierto que le seducía ciertamente la idea de pasar esa noche, y tal vez muchas más, con aquella señorita Jones de brazos de seda, gozando de su cuerpo voluptuoso y de su entrega desinteresada.

Pero al regresar a la habitación del hotel, se había encontrado el dormitorio vacío. La única señal de que ella había estado allí era su vestido blanco de novia, tirado en un rincón todo arrugado. Y el dinero. Un fajo de billetes, cuidadosamente colocado bajo la carpeta del menú del servicio de habitaciones.

Carlos miró ahora fijamente a Martha y sintió la misma mezcla de ira, confusión e incredulidad que había sentido aquella noche al entrar en la habitación y ver aquel fajo de billetes.

–¡Me dejaste dinero!

Ella lo miró con una expresión de sorpresa e incredulidad en sus grandes ojos grises.

–Sí.

–¿Por qué lo hiciste?

Carlos parecía estar reviviendo la frustración de aquel momento. No había podido aceptar que ella lo hubiese abandonado sin decirle una palabra, desapareciendo de su vida tan rápida y misteriosamente como había entrado en ella.

Y sin saber quién era ni dónde podría haber ido.

Al principio, se había dicho que debía sentirse feliz. Eso era lo que, al parecer, él deseaba. Pero luego, sin saber por qué, se había sentido angustiado por su pérdida.

–¿Por qué crees tú?

–No sé. ¿En pago de los servicios prestados?

Se suponía que estaba tratando de poner una nota de humor negro en aquella conversación, pero a ella no le hizo ninguna gracia.

Y a él tampoco. Se le revolvían las tripas al recordar la ilusión con la que había vuelto al hotel para estar con Martha y ver ahora la astucia con la que ella había conseguido seguir su rastro hasta El Cielo. Eso significaba que ella tenía que haber estado investigando al Carlos Ortega del que él nunca le había hablado.

–¿Qué? ¡No seas ridículo! Por lo que me habías contado, pensé que podrías necesitar el dinero para pagar el hotel, pero ya he visto que eso fue otra de tus mentiras.

Él la miró con cautela. Había muchas cosas que habían salido a la luz. Ella había registrado su bolsa y había visto su pasaporte que le habría dado la pista para encontrar la dirección en la que él había vivido cuando creía que Javier Ortega era realmente su abuelo. Solo habría necesitado escribir un nombre en algún buscador de Internet y pulsar un par de veces el botón del ratón para obtener toda la información. Ahora que ya había conseguido instalarse en la casa y entrar en la vida de Javier, ¿qué sería lo siguiente que andaría buscando?

Y, encima, le estaba acusando de mentiroso.

–¿Por qué dices que te mentí? –preguntó él, comenzando a sentir el influjo de su proximidad.

Martha se había cortado el pelo desde la última vez que la había visto y, con su nuevo look, con la cara y el cuello más al descubierto, tenía un aspecto más vulnerable.

El sol de Argentina le había bronceado la piel y sus bellos ojos grises parecían más grandes y hermosos bajo aquellas pestañas exuberantes. Ahora ya no lucía su vestido blanco de novia, sino una blusa de colores vivos y cálidos. Parecía haber ganado unos kilos, pero él miró con agrado sus pechos ahora más exuberantes bajo la tela de algodón y la curva de sus caderas resaltadas por los *leggings* ajustados que llevaba. Seguía llevando ese perfume tan sensual que le había embriagado los sentidos la primera vez.

Parecía una mujer diferente. ¿Qué experiencias podría haber vivido en esos últimos cuatro meses? No creía que tuviera esa cara tan sonrosada solo por efecto del sol. Algo o alguien debía haber contribuido al color de sus mejillas. ¿Otro hombre, tal vez? Sintió un ataque de celos solo de pensarlo.

–Me dijiste que no tenías un céntimo, que tu afición eran los caballos y el vino. Debías haberme dicho que tenías una ganadería y una plantación de viñedos en vez de decirme: «Solo tengo lo que está a la vista».

–Y era verdad, eso era lo único que tenía en ese momento. Tampoco tú me diste demasiados detalles de tu vida, señorita... ¿Cómo demonios te llamas? No puedo seguir llamándote «señorita Jones».

–¿Por qué no? –respondió ella con sarcasmo–. Yo te habría seguido llamando «Carlos Diablo». Si no hubiera visto tu pasaporte, nunca habría sabido quién eras realmente. Eso era lo que querías, ¿verdad?

–No me pediste ninguna prueba de mi identidad.

–No estaba en condiciones de hacerlo y tú lo sabías. Estaba en una situación desesperada, por eso te inventaste ese nombre...

–No me lo inventé. Diablo es mi segundo nombre.

Era tan cierto como que se llamaba Carlos Ortega. Podría haber llevado ese orgulloso apellido toda la vida, pero cuando se enteró de que su padre no era el hombre que siempre había creído, su nombre y la historia de su familia, su verdadera identidad, en suma, dejaron de tener valor para él. Javier Ortega, el hombre al que siempre había tomado por su abuelo, le dio la espalda y le echó de su casa. Ahora, por alguna extraña razón que él desconocía, el testarudo anciano le había pedido que regresara de nuevo.

Pero, con ella en la mansión, las cosas tomaban un cariz diferente. ¿Tendría ella algo que ver con el cambio de actitud de Javier?

–No era tu nombre, en cualquier caso. Pero supongo que era el más adecuado para tus planes, dado que lo único que pensabas era seducirme y dejarme luego tirada.

–Yo diría que tú también tomaste parte muy activa en esa seducción de la que hablas. No creo que tengas la desfachatez de decirme que te obligué a hacer nada en contra tu voluntad. Y, que yo recuerde, tú también me dejaste tirado.

—¿Esperabas acaso que me quedase sentada en la habitación con las manos cruzadas hasta que llegases?

—Si te soy sincero, sí.

—No me hagas reír. Tú no estabas buscando una relación seria y yo tampoco. Lo que hubo entre nosotros
fue muy bonito, pero duró solo una noche. Ninguno le
debe nada al otro.

—¿Ni siquiera un nombre?

Martha se quedó pensativa, como si quisiera seguir
manteniendo su secreto. Pero, en ese momento, Carlos
oyó, a su espalda, el ruido de unas ruedas deslizándose
por el suelo de madera pulida y comprendió que era Javier en su silla de ruedas.

Le había causado una fuerte impresión ver al anciano en aquel estado. Se había mantenido, durante
todo ese tiempo, al corriente de su salud y de sus acti-
vidades, pero no se había enterado de lo de su derrame
cerebral ni de las secuelas que le había dejado.

—Marta —llamó el anciano, impaciente y malhumo-
rado—. ¿Vamos a comer ya de una vez o piensas pasarte
toda la tarde en la cocina?

—Ya está casi todo preparado. ¿Por qué no te llevas
a Carlos al comedor? Yo estaré con vosotros en unos
minutos —replicó ella suavemente con una dulce sonrisa que pareció iluminar los ojos llorosos del anciano,
y luego añadió dirigiéndose a Carlos—: Podrías prepa-
rarle mientras tanto algo de beber.

Y como para reafirmar el deseo que tenía de establecer una cierta distancia con Carlos, retrocedió unos
pasos para quedar a un par de metros de él.

—Muy bien —dijo Carlos, sorprendido por la forma
en que Javier, siempre tan terco y obstinado, había aca-
tado pacíficamente y sin rechistar las disposiciones de
ella, y ahora giraba en círculo en su silla de ruedas para

salir de la cocina tal como ella le había pedido–. ¿Te ha llamado Marta?

–Sí, en realidad me llamo Martha –respondió ella secamente, poniéndose unos guantes para sacar la carne del horno–. Pero Javier siempre lo pronuncia así.

–Así que Martha Jones, ¿eh? Suponiendo, claro, que el apellido sea el verdadero.

–Lo es. Yo nunca te mentí. No te dije mi nombre, pero sí mi apellido.

–Yo tampoco te dije ninguna mentira –replicó Carlos, dándose cuenta de que ella estaba empezando a sacarle de quicio.

Y no porque le hubiera llamado mentiroso, sino porque, al dirigirse hacia el horno, sus pechos se habían balanceado suavemente hacia arriba y hacia abajo, provocando su excitación masculina de forma instantánea. La sangre había acudido en tropel a su miembro como respondiendo a una llamada de urgencia y sentía ahora una opresión incómoda en la bragueta. El perfume de Martha unido al calor del horno se combinaban para producir en él un efecto embriagador, como si estuviera inhalando algún tipo de estupefaciente.

–¿Diablo? ¿Ortega? –preguntó ella riéndose–. ¿Es verdadero alguno de los dos?

–Es algo complicado de explicar.

Complicado y personal. Tan personal que él no quería contárselo a ella. Al menos, hasta que supiese qué estaba haciendo allí.

Volvió a recordar todo lo que había sentido aquella noche con ella, las emociones que habían compartido y las que podrían haber seguido compartiendo si las cosas hubieran resultado de otra manera. Era un recuerdo que lo atormentaba. Pero no por ello dejaba de sentirse orgulloso de haber sabido mantenerse firme y no haber cometido la locura de haber abierto el corazón a una mujer en la que no podía confiar.

En ese momento, Javier, que se dirigía por el pasillo hacia el salón comedor, se detuvo en seco y miró a su alrededor con impaciencia.

−¿Vienes a prepararme esa bebida o no?

−Ya voy, abu... −respondió Carlos, mordiéndose la lengua para no pronunciar la palabra «abuelo», que había acudido instintivamente a su boca, pero que sabía que ya no tenía ningún derecho a utilizar−. Voy ahora mismo.

Tenía que tener paciencia y esperar a ver cómo se desarrollaban las cosas, se dijo él, mientras acompañaba al anciano al comedor. Esperar hasta saber la razón por la que Javier lo había convocado allí. Recordó su llamada con cierta decepción. Javier le había telefoneado para citarle de forma inesperada en El Cielo. Él había aceptado de buen grado con un atisbo de esperanza. Podía ser el comienzo de su reconciliación. En todo caso, le brindaba la oportunidad de volver a pasar unos días en la casa que había constituido su hogar en el pasado. Volver a sus raíces, al mundo en donde estaba la única familia que había conocido.

Al emprender el viaje, no había imaginado lo que podría encontrarse al llegar, pero desde luego ver a Martha allí era lo último que hubiera esperado.

Volvió la vista atrás por un instante y vio a la señorita Jones, o sea, a Martha, atareada en la cocina. Viéndola desenvolverse con tanta soltura le costaba creer que fuera la misma mujer de aquella noche. Él solía encargarse, cuando estaba en esa casa, de cocinar para Javier y servirle el vino. Ahora parecía que esa mujer, con la que había pasado una sola noche hacía unos meses, le había usurpado su lugar.

¿Qué demonios podía estar haciendo allí?

Una cosa estaba clara: no estaría allí de no haber sido por él. Si ella no se hubiera enterado de su nombre, no habría conseguido establecer ninguna conexión con la gran fortuna de Ortega. Todo apuntaba a que la señorita Jones, «la que viajaba solo con lo puesto», había recorrido un largo camino hasta Argentina, como una vulgar cazafortunas, en busca del hombre que ella creía el heredero de toda aquella hacienda.

¡Santo Dios! Después del modo en que su madre había traicionado tanto a su marido como a Javier, ¿sería posible que, por su culpa, hubiera dejado al pobre viejo a merced de otra insaciable depredadora?

La rabia y el asco que sintió de sí mismo le llevaron a recordar una vez más la razón por la que decidió aquella noche salir de la habitación del hotel al darse cuenta de que por su falta de control había roto una de sus reglas básicas más importantes.

Ahora tendría que cargar con las consecuencias.

Tomó una botella de vino y la descorchó, tirando del tapón con bastante más fuerza de la necesaria. Martha se habría asustado si le hubiera visto los ojos en ese instante.

Era obvio que ella estaba ocultando algo y él estaba decidido a descubrir su secreto.

Cuando lo supiese, sabría muy bien cómo tratarla.

Capítulo 6

UNO de los grandes placeres de Martha en aquella mansión de El Cielo era nadar en la piscina al aire libre mientras Javier estaba aún dormido y no la necesitaba.

Los primeros días del derrame cerebral habían sido muy duros y había tenido que estar pendiente de Javier día y noche, pero luego había podido disfrutar de la casa, haciendo un poco de ejercicio a primeras horas antes de que apretase el calor del sol.

Pero esa mañana no estaba de humor para ello. La cena de la noche anterior se había desarrollado en un clima tenso e incómodo. Ella apenas había comido nada y luego había pasado toda la noche dando vueltas en la cama sin poder dormir.

Se había levantado más temprano de lo habitual y había bajado directamente a la piscina. El agua fría había actuado como un bálsamo refrescante para su cuerpo, recalentado durante toda la noche, y los movimientos suaves en la piscina habían conseguido relajar la tensión del insomnio nocturno.

Ese día iba a ser el gran día, se dijo ella mientras nadaba tranquilamente en silencio, casi sin levantar una gota de agua, yendo de un extremo a otro de la piscina. Pasase lo que pasase, no podría soportar otra noche como la anterior. Tenía que decirle a Carlos por qué estaba allí, así se sacaría aquella angustia del pecho. Luego podría mirar el futuro y hacer planes para tener a su hijo y cuidar de él.

Al dar una brazada, tocó con la mano su vientre levemente abultado bajo el traje de baño azul oscuro. Pensó entonces en la reacción de Carlos cuando le dijese lo de su embarazo. Podía imaginársela a la vista de su comportamiento del día anterior.

Javier había hecho lo que pensaba que era correcto, invitando a Carlos allí. Él sabía que ella estaba embarazada desde el principio. En uno de los días más calurosos, Martha se había desmayado y él había insistido en llamar al médico. Entonces Javier se había comprometido a encontrar la dirección o el número de teléfono de Carlos, pero sin obligarla a que hablase con él, si no quería. Y había mantenido su promesa de no decirle lo del bebé, esperando que fuera ella misma quien le informase de todo.

La noche anterior, ella había estado a punto de decírselo en varias ocasiones, pero al final había desistido al ver la expresión de su cara.

—¿Está buena el agua?

La pregunta pareció surgir de la nada cuando ella estaba punto de llegar a uno de los extremos de la piscina y se disponía a salir.

Alzó la cabeza y se pasó la mano por la cara para quitarse el agua de los ojos y poder ver con claridad a su alrededor.

Por supuesto, sabía de quién era esa voz oscura y profunda, a la vez que suave y sensual. La llevaba grabada en la memoria. Era el objeto de sus pensamientos.

Carlos, en persona, estaba de pie al borde del agua, con las piernas ligeramente separadas sobre las losetas blancas y azules que rodeaban la piscina. Se notaba que acababa de levantarse de la cama. Ni siquiera se había molestado en pasarse un peine por su pelo negro y espeso. Lo llevaba bastante revuelto aunque sumamente limpio. Tampoco se había afeitado todavía. Despeinado y con las mejillas ensombrecidas por aquella leve barba, tenía el aspecto y la mirada de un hombre peligrosamente atractivo.

—Está deliciosa —contestó ella, mirándolo con recelo.

Era evidente que él había bajado a nadar a la piscina temprano, igual que ella. Llevaba un traje de baño azul marino que realzaba sus esbeltas caderas y sus musculosas piernas, y que marcaban además sus atributos masculinos de una manera que cortaría la respiración a cualquier mujer.

—No me cabe duda —replicó él, en un tono de voz como si sus palabras tuvieran un segundo significado más oculto y misterioso.

—¿Qué quieres decir con eso? —preguntó ella con voz temblorosa, arrepintiéndose en seguida de haber formulado esa pregunta.

Sabía que debía andarse con cuidado y no arriesgarse a volver a enemistarse con él

—Simplemente, que vivir aquí en El Cielo, con todo tipo de lujos, debe de haber sido para ti una experiencia maravillosa después de la vida a la que estabas acostumbrada.

—Tú no sabes nada en absoluto de mi vida.

—Pero me dijiste que tu padre te había abandonado y que te habías pasado los últimos años cuidando a tu madre enferma. De ello deduzco que tu vida ha debido de ser bastante dura y sacrificada y que no creo que te haya sobrado el dinero.

Asombrada de que él recordase aún la breve conversación que habían tenido aquella mañana de abril al borde de la carretera, asintió levemente con la cabeza, sintiéndose de pronto intimidada y especialmente vulnerable ante la figura alta e imponente que se alzaba frente a ella, tapándole el sol.

–Eran otros tiempos.

–¿Y ahora? –preguntó él.

–Me las arreglo.

–Pero habrás tenido muchos gastos en la boda, aunque al final no haya llegado a celebrarse.

–Vendí el piso en el que vivía con mi madre.

Era parte de la verdad. Y él la aceptó sin discusión. Después de todo lo que había pasado, ella no quería ir por ahí hablando abiertamente de su vida y mucho menos de la posición económica que tenía tras el premio de la lotería. El dinero le había permitido arreglar cómodamente todos los trámites de la boda. Había extendido un cheque a una empresa organizadora de bodas y una profesional se había encargado de todo. Ella no había querido volver a pisar el Haskell Hall, ni volver a ver más a su exnovio ni a la dama de honor que la había traicionado con él.

–Se suponía que Gavin y yo íbamos a comprar una casa entre los dos –continuó diciendo ella–. Aunque ahora, con la perspectiva de lo ocurrido, creo que lo que él esperaba era que yo me hiciera cargo de todos los pagos. En todo caso, no había ya nada que me atara a aquel lugar. Estaba libre de cualquier tipo de compromiso y podía irme donde quisiera.

–Supongo que se armaría un buen escándalo en la boda, ¿no?

–Mucho menos del que esperaba. Al parecer, había mucha gente que conocía las aficiones de Gavin y casi nadie se sorprendió realmente de que lo dejara plantado a última hora.

Martha hablaba como si los hechos que estaba narrando le hubieran sucedido a otra persona y en un tiempo remoto tan lejano que apenas podía ya recordar. Por el contrario, las pocas horas que había pasado con el hombre que estaba ahora al borde la piscina, las tenía grabadas en su memoria como si fueran escenas de una película maravillosa, que noche tras noche se proyectaba en su mente impidiéndole conciliar el sueño.

—¿No te arrepientes de nada?

Esa era una pregunta muy fácil de responder, se dijo ella, alzando la cabeza y mirándolo fijamente con una expresión firme y segura de sí misma.

—De nada, en absoluto. Ha sido la mejor decisión que he tomado en mi vida.

Martha se agarró a los bordes de la escalera metálica para salir de la piscina, pero se detuvo al instante como si se hubiera dado cuenta repentinamente de algún detalle muy importante. Los signos de su embarazo eran apenas perceptibles estando vestida, pero ahora con el traje de baño mojado y pegado al cuerpo, el leve abombamiento de su vientre y el aumento de tamaño de sus pechos saltaban más a la vista.

Podría haber aprovechado también la ocasión para comunicarle a Carlos lo del bebé, pero no le pareció apropiado hacerlo en traje de baño, como si se tratara de un anuncio publicitario y ella saliera del agua con los brazos abiertos, al ritmo de los acordes de una fanfarria, diciendo: «¡Ta ta ta ta...! ¡Adivina lo que me ha pasado!».

Sintió un retortijón en el estómago solo de pensarlo y se apresuró a sumergirse de nuevo bajo el agua, haciendo un gesto con la mano hacia la tumbona en la que había dejado la toalla.

—¿Puedes pasarme la toalla, por favor? —dijo ella muy educadamente.

–No sé a qué vienen esos remilgos a estas alturas, querida. No me voy asustar por verte ahora en bañador cuando te vi casi desnuda aquella noche que estuvimos juntos.

Carlos le acercó la toalla y ella salió de la piscina y se envolvió en ella todo lo deprisa que pudo para ocultar cualquier signo de su embarazo y guardar así un poco su dignidad.

Ella recordó cómo la había dejado al salir de la habitación del hotel. No desnuda como él decía, sino con su vestido de novia medio roto, levantado por encima de la cintura, y los pechos al aire. No solo había perdido su virginidad esa noche, sino que había perdido también su orgullo y parte de su alma cuando él la había rechazado y se había ido de la habitación. Eso le había dolido aún más que la traición de Gavin. Sintió que la bilis se le subía a la boca al recordar con amargura la ilusión de aquella Martha renovada, la nueva Martha, que parecía haberse encontrado a sí misma. Se apretó la toalla con fuerza hasta casi pellizcarse la piel.

–Mantuvimos una relación sexual –dijo ella, caminando hacia él, con la cabeza bien alta–. Eso fue todo. Ni siquiera pasamos la noche juntos.

–¿Y de quién fue esa decisión? –replicó él con sarcasmo, cruzando los brazos sobre el pecho.

Martha se paró en seco, sorprendida por sus palabras.

–¿Estás tratando de decirme que querías que me quedara?

–Desde luego, lo último que podía imaginarme era que me dejases tirado y salieses corriendo en cuanto me diera la vuelta.

–No te comprendo. ¿Acaso todas tus conquistas se quedan esperándote en la cama cuando te vas de la habitación después de haberles dicho que acostarte con ellas ha sido uno de los errores más grande de tu vida, algo que hubieras deseado que no hubiera ocurrido nunca? Tienes que disculparme si no me comporté entonces como esperabas. ¡Era mi primera vez! —exclamó ella, esbozando una sonrisa de triunfo, orgullosa de la mordacidad de su discurso.

Carlos frunció el ceño y torció el gesto, contrariado por esas palabras.

—Eso no era lo que quería decir. Aquella noche, estabas maravillosa, realmente hermosa. ¿Cómo podría haberte rechazado? Pero pensé que las cosas deberían haber sucedido de otro modo. Precisamente, porque era tu primera vez.

—Claro. Por eso, cuando te enteraste de que era virgen, ya no quisiste volver a verme, ¿verdad?

—Lo que, desde luego, no me esperaba era encontrarte aquí con mi abuelo.

—Para tu información, señor Ortega o señor Diablo o como te llames, tengo que decirte que tu abuelo me ofreció este trabajo. Estoy aquí como su cuidadora y asistente personal. No tenía a nadie que se hiciera cargo de él, ¿sabes?

De nuevo ese último comentario hiriente pareció impactar en el ánimo de Carlos. Su rostro se desfiguró en una mueca oscura y amarga. Ella retrocedió un par de pasos prudentemente para evitar cualquier enfrentamiento.

—¿Pretendes decir acaso con eso que yo lo he descuidado o abandonado? —replicó él casi gruñendo—. ¿Que debería haber estado aquí para hacer ese trabajo?

—Creo que eso hubiera sido lo correcto —dijo ella desafiante, aunque dejando traslucir una sombra de duda en el tono de su voz.

La expresión de Carlos cambió por completo al oír esas palabras, Sus profundos ojos verdes se tornaron más oscuros y sombríos. Ella comprendió que le había tocado en su punto más sensible. Su instinto le dijo que, tal vez, había ido demasiado lejos en sus comentarios y había destapado la caja de los truenos de Pandora.

–¡Habría estado a su lado si él me hubiera dejado! –exclamó Carlos–. Si él me hubiera informado a tiempo de su estado de salud. Pero tuve que esperar a que me llamara para verle ahora en esa silla de...

No pudo continuar. La voz se le quebró. La palidez de su cara expresaba con creces el dolor que sentía en ese momento.

–¿No sabías nada de su enfermedad?

–¿Crees que lo habría dejado aquí solo si lo hubiera sabido?

–No –admitió ella–. Sé que no lo hubieras hecho. Vi el afecto que le demostraste anoche.

Carlos había estado pendiente de todos sus movimientos, de cada una de sus palabras y sus deseos, siempre dispuesto a servirle una copa de vino o de agua, de pasarle lo que necesitaba durante la cena o de recogerle la servilleta que se le había caído al suelo. Y cuando Javier le había dicho que estaba cansado y que deseaba irse a descansar, se había levantado en seguida de la mesa y había ido a asegurarse de que el pasillo estuviera despejado para que él pudiera trasladarse cómodamente a su habitación en su silla de ruedas sin encontrarse ningún obstáculo por el camino. No había intentado llevarle porque sabía que eso hubiera herido su orgullo y su dignidad, pero había estado cerca de él en todo momento por si lo necesitaba.

–Sé que estuviste pendiente de él toda la noche. Pero

no debiste esperar a que te llamara para venir a verlo. Después de todo, es tu abuelo.

—Ese es el problema, mi querida *señorita* —dijo Carlos, arrastrando las palabras—. La verdad es que Javier no es mi abuelo.

Su sonrisa irónica se tornó ahora en una mirada fría que bien podría expresar indiferencia, pero que, de hecho, revelaba lo contrario.

Miró a Martha fijamente. Sus hermosos ojos grises tenían una expresión de asombro y de sorpresa. Se preguntó lo que estaría pensando.

¿Estaba de verdad tan conmovida como aparentaba?

¿O todo era solo parte de un plan muy estudiado para sacar provecho de la situación?

«Bienvenida al club», se dijo él cínicamente. No lo decía porque el dinero de Javier le importase mucho. Él tenía más que suficiente. La herencia del anciano no le quitaba el sueño. Era otro tipo de herencia la que le importaba. La de la sangre, la de la familia, la de sus raíces.

La pruebas de un laboratorio habían demostrado que él no era familia de Javier Ortega y, por tanto, no tenía ningún derecho a ostentar el prestigioso nombre de los Ortega. De la noche a la mañana, se había quedado sin familia, sin orígenes, sin procedencia. Todo lo que alguna vez había creído ser se había borrado como por encanto. Había perdido su identidad e incluso su apellido.

—Entonces... ¿él no es...? —preguntó ella, mordiéndose el labio inferior.

Él creyó advertir que ella era capaz de comprender algo de lo que él estaba sintiendo en esos momentos.

Pero no podía ser cierto. Ella le creía el nieto de Javier. Tenía que ser una gran decepción descubrir que solo era un hombre desarraigado, sin una familia. Volvía a ser para la señorita Jones el triste vagabundo, sin oficio ni beneficio, que había encontrado en una carretera solitaria en medio de la campiña inglesa.

–Javier no tiene ninguna relación de sangre conmigo –prosiguió él con amargura–. Crecí pensando que era mi abuelo. Pero hace unos nueve meses, supongo que teniendo en cuenta lo avanzado de su edad, Javier decidió revisar el testamento. Tenía un nuevo abogado muy competente que quería dejarlo todo bien legalizado y se le ocurrió la idea de hacer las pruebas necesarias para verificar si yo era verdaderamente su nieto.

–Pero ¿y tus padres?

–El hombre que pensaba que era mi padre era hijo de Javier. Murió en un accidente de avión cuando yo tenía solo nueve años. Él y mi madre llevaban ya separados desde hacía tiempo, pero ella quiso que yo me quedara a vivir aquí en El Cielo, porque imaginaba que así Javier me nombraría su heredero.

Martha no sabía cuándo ni por qué había dado unos pasos para acercarse a él. Lo había hecho llevaba por un impulso que iba más allá de una atracción puramente física.

El traje de baño azul marino que llevaba contrastaba con la piel suavemente bronceada que aún brillaba con el agua de la piscina. La toalla blanca le cubría el cuerpo desde los pechos hasta las caderas, pero aún dejaba al descubierto sus piernas largas y esculturales, sus muslos delgados y firmes y sus pies estrechos con las uñas pintadas de rosa que él había visto todo cubiertas de barro la última vez.

Carlos miró su pelo, casi ya medio seco con el calor de los primeros rayos del sol del amanecer, y recordó a la mujer que había llevado a aquel hotel en una noche fría y húmeda. Sintió una súbita excitación al recordarlo y agradeció que él llevara encima su propia toalla y ella no pudiera darse cuenta de la erección que la cercanía de su cuerpo le había producido.

El sol debía de estar trastornándolo. Nunca se había abierto a ninguna persona, hablándole de su situación familiar.

—¿Así que te hicieron una prueba? —dijo ella, mordiéndose de nuevo el labio inferior.

Él la miró y sintió ganas de ponerle un dedo en la boca para que dejara de hacer aquel gesto que tanto le excitaba. Pero se abstuvo de hacerlo porque sabía que las cosas no acabarían ahí. Estaba ahora tan cerca de ella que sentía el aroma de su cuerpo embriagándole los sentidos. La sangre corría por sus venas tan de prisa como un torrente en primavera. Llegó a pensar que ella, tal vez, podría oír el latido de su corazón. No era el calor del sol el que estaba abrasándole la piel, sino su boca.

—Sí. De ADN —respondió él de forma seca y cortante por la lucha que estaba librando consigo mismo.

—¿Y el resultado?

Él vio cómo ella se estremecía con sus miradas. Eso hubiera podido alegrarle el ánimo, pero se sintió abatido al recordar la decepción que sufrió aquel día que los médicos del laboratorio le dieron el resultado de las pruebas.

—El que cabía esperar. Ya te dije que Javier Ortega no es mi abuelo.

¿Sería ella consciente del efecto que sus ojos y los movimientos de sus labios producían en él?, se preguntó Carlos. Ella lo miraba con simpatía y comprensión, y él sentía cada una de esas miradas de afecto como una caricia en la piel. Todas las células de su cuerpo parecían cobrar una mayor sensibilidad para recibir esas caricias.

Apretó los dientes para tratar de controlarse. Ojalá no hubiera empezado nunca nada de eso. ¿Cómo era posible que estuviera abriéndole el corazón a una mujer de la que pensaba que solo había ido allí para sacar provecho de la posición de Javier, cuando ni siquiera había hablado de esas cosas tan personales con su mejor amigo?

–Así que el que creías que era tu padre no era, en realidad, tu padre biológico. Tu madre te había mentido. Eso debió de dolerte mucho, ¿no?

–No tanto como saber que Javier solo quería tenerme a su lado si llevaba su misma sangre.

Ella abrió los ojos como platos, realmente sorprendida por esa revelación. Nunca se hubiera imaginado una cosa así de Javier. Carlos, por su parte, se sintió aliviado en cierto modo al ver que la noticia le había afectado casi tanto como a él en su día.

–Es horrible. Me imagino cómo debiste de sentirte. Mi padre nunca quiso verme, ni siquiera cuando nací. Pero al menos, conté siempre con el amor de mi madre. Lo que me cuesta creer es que Javier se comportase así contigo.

–Creo que lo hizo pensando en su hijo. Tú tuviste un padre que no te quería. Yo tuve uno que me amaba, pero que había sido traicionado por su esposa. Así que cuando Javier lo averiguó, no pudo soportar la idea de verme a todas horas, porque eso le recordaba la traición de la que su amado hijo había sido víctima. Además debía de estar furioso por la forma en que mi madre se había servido de él, dejándome a su cuidado. Por eso, me dijo que me fuera.

–¿Y tú te marchaste sin más, rompiendo por completo las relaciones? Me dijiste aquel día que no tenías familia en Argentina.

–Y era verdad. Él me desheredó.

–¿Es acaso el dinero lo único importante para ti?

–¡En absoluto! –exclamó él en un tono que no dejaba lugar a dudas de su sinceridad.

–Entonces, ¿qué? ¿El apellido?

–¡Un maldito apellido tampoco tiene ningún valor! ¡Es el sentido de pertenencia lo que importa!

Martha sintió un hondo pesar ante la vehemencia de sus palabras.

–Todos sentimos la necesidad de conocer nuestros orígenes, nuestras raíces. Mi madre y yo tuvimos que vivir solas mucho tiempo, pero, al menos, sabíamos que nos teníamos la una a la otra. Tú estabas convencido de que pertenecías a este lugar, pero él te quitó esa idea. Sin embargo, ahora estás aquí de nuevo.

Carlos sabía que ella estaba tratando de ponerse en su lugar para tranquilizarle y hacerle ver las cosas de un modo positivo, pero sintió que estaba consiguiendo el efecto contrario.

–Él me pidió que viniera.

–Sí, él te lo pidió y tú viniste. Creo que eso dice mucho de los sentimientos que hay entre vosotros. No te habría pedido que vinieras si...

–No, *preciosa*. Estás muy equivocada. Él no quería que yo viniera aquí, me lo pidió solo por ti.

Carlos vio que ella no podía refutar sus palabras. Lo vio en su mirada y en la súbita rigidez de su cuerpo glorioso.

–¡Oh, no...!

Ella movió la cabeza a uno y otro lado en un gesto de negación. Al hacerlo, los mechones dorados de su cabello volaron alrededor de su cabeza, yendo uno de ellos a enredarse en las mejillas aún sin afeitar de Carlos. Él no esperaba haberse encontrado a nadie en la piscina a esa hora tan temprana y había pensado en afeitarse después. Aún recordaba cómo le había palpitado el corazón al llegar y verla nadando en la piscina, con aquel cuerpo esbelto y tan bien torneado, moviendo armoniosamente los brazos en el agua e impulsándose con aquellas piernas tan maravillosas y esculturales.

–Lo siento... –dijo ella, acercándose instintivamente a él con las manos extendidas para quitarle el pelo de la cara.

Pero él tuvo la misma idea y, cuando levantó la mano, los dedos de ambos se entrelazaron. Una chispa eléctrica de alto voltaje pareció saltar entre ellos, abrasándoles la piel. Sin embargo, ninguno de los dos hizo el menor intento por separarse y romper el contacto. Tampoco el pelo dorado de ella, aún ligeramente húmedo, parecía querer soltarse de la barba incipiente de él, como si el roce entre la seda y la aspereza constituyera un vínculo inseparable entre ellos.

Desde esa posición, él tenía una visión perfecta de su cuello largo y delgado, y de sus hombros suaves y esbeltos. La toalla blanca de baño de ella era lo bastante grande para taparle los pechos, pero no para ocultar el tamaño de sus curvas. Más aún, parecía remarcar el hueco del valle que se abría entre sus pechos bajo la tela del bañador. Le habría bastado inclinar un poco la cabeza para que sus bocas se juntaran y sus labios entraran en contacto. Él lo estaba deseando. Deseaba saborear la dulzura de su lengua y de sus labios carnosos y húmedos. La deseaba con toda su alma.

Pero la sombra de una sospecha frenaba ese deseo. Ella lo había seguido hasta aquí y había conseguido hacerse un sitio en aquella casa. Sí, Javier le había dado un trabajo de cuidadora. Cualquiera, por estúpido que fuese, podía ver que lo hacía a la perfección. Sabía tratar al anciano con mucho tacto.

Pero tenía que haber algo más. Nadie haría un viaje de miles de kilómetros, atravesando el Atlántico, simplemente para visitar a alguien con el que había compartido una breve, aunque intensa, noche de pasión.

Él siempre había lamentado que no hubiera habido entre ellos más noches como aquella.

Pero ahora que sabía que Javier no era su abuelo, ¿qué interés podría tener para ella? ¿Cuál sería su plan? ¿Quién sería realmente su objetivo? Sintió un nudo en la garganta al pensar que podría ser su abuelo el que estuviera en su punto de mira. Primero un trabajo sacrificado y luego...

–Lo siento –repitió ella de nuevo, flexionando los dedos que mantenía enlazados entre los de Carlos.

Tal vez, solo pretendía soltarse el mechón de pelo que se le había quedado enganchado en la barba de él. O, tal vez, lo que quería era retirar la mano porque él se la estaba apretando con demasiada fuerza. Fuera como fuese, Carlos, que llevaba ya excitado unos minutos viendo su cuerpo tan cerca, sintió aquel movimiento de las yemas de sus dedos como una caricia en la piel. Todas sus células nerviosas parecieron reaccionar a aquel leve roce y la sangre pareció acumularse repentinamente en el músculo más primitivo de su cuerpo, haciéndolo más grande, duro y caliente.

Sintió un deseo irrefrenable. Pensó que no podría aguantar más.

Ya había tenido suficiente. Estaba a punto de perder el control.

–No tienes por qué sentirlo –replicó él, como quitándole importancia al asunto–. Yo no lo siento. Las cosas son como son y nadie las puede cambiar.

Y, dando un paso hacia el borde de la piscina, se lanzó de cabeza, zambulléndose en el agua. Estaba fría y eso le despejó la cabeza y le calmó también más abajo, devolviéndole la sensatez y la cordura.

Trató entonces de quemar las energías sobrantes, nadando con fuerza y rapidez de un extremo a otro de la piscina, una y otra vez sin descanso, hasta que casi se quedó sin aliento y comenzó a sentir como si tuviera los brazos y las piernas de plomo. Solo entonces se permitió descansar. Se acercó a la zona menos profunda de la piscina y apoyó los pies en el fondo para quitarse el agua de la cara y los ojos.

Ella se había ido, gracias a Dios. No quedaba ningún rastro de aquel cuerpo escultural que tanto lo martirizaba. Martha había entrado en la casa, sin duda espantada por la mordacidad y acidez de sus indirectas.

Se sintió aliviado en cierto modo. Al fin, estaba solo. Pero, al mismo tiempo, sentía una gran desazón. Era una sensación que le hacía sentirse molesto e incómodo en el agua.

Consciente de que no podría resarcirse de ella fácilmente, se sumergió de nuevo en el agua fría y reparadora y se puso a nadar de nuevo. A pesar de las protestas de sus músculos y de los latidos salvajes de su corazón, siguió nadando cada vez más rápido de un lado a otro de la piscina hasta que se sintió completamente exhausto. Sabía que cuanto más se castigase físicamente mayor sería su paz interior. Pero tan pronto como dejó de nadar, se vio invadido por los mismos pensamientos de deseo y pasión de antes. En vano trató de ahuyentarlos.

Trató de pensar en otra cosa.

Recordó lo que Martha le había dicho sobre la razón de que él estuviera ahora allí. Javier lo había llamado, esperando algún tipo de reconciliación, y él había acudido a su llamada como un perro amaestrado en busca de una recompensa.

Ahora se daba cuenta de que su presencia en esa casa había sido un gran error. Solo había servido para hacerle recordar que El Cielo ya no era su hogar y que las cosas nunca volverían a ser ya como antes.

Su lugar ya no estaba allí. Él ya no pertenecía a aquella casa que había representado una vez para él su vida y sus raíces, pero que ahora solo le inspiraba una sensación de pérdida y frustración.

Y encontrar ahora a Martha Jones establecida allí como una serpiente sensual y seductora en lo que había sido su particular Jardín del Edén solo hacía que todo pareciese aún mucho peor.

Capítulo 7

MARTHA estaba leyendo en el porche. O tal vez sería más apropiado decir que estaba intentando leer. Se había sentado allí con un libro, sabiendo que tendría que esperar a que Carlos volviera. Sabía también que, si se fuera a dormir, no podría conciliar el sueño hasta que no hubiera hablado con él. Estaba convencida de que, después de la conversación que habían mantenido en la piscina, no podía dejar pasar otra noche sin decirle a Carlos la razón por la que estaba allí.

Él tenía derecho a saber que iba a tener un hijo. Eso era algo que ella había aceptado desde el principio. Pero después de la forma en que él había expresado sus ideas sobre la familia y los orígenes y raíces de una persona, le remordía la conciencia estar ocultándoselo.

También se sentía mal, pensando que él creía que Javier lo había llamado solo por ella. Aunque eso, por desgracia, podía parecer muy creíble, ella esperaba que cuando Carlos se diera cuenta de que lo que más le preocupaba a su abuelo era el bebé que ellos habían concebido, tal vez viera las cosas de otro modo.

Tenía que localizar a Carlos y hablar con él lo antes posible. Pero él había salido de casa antes incluso de que hubiera acabado de preparar el desayuno a Javier y no había vuelto a verlo en todo el día. Tampoco había ido a cenar. Para remate, Javier había estado de muy mal humor, quejándose de todo. Fue un gran alivio para ella cuando decidió irse a acostar.

—¡Así que estabas aquí!

Martha se sobresaltó al oír la voz de Carlos en medio del silencio de la noche. Se le cayó el libro de las manos, del susto, golpeando el suelo del porche con un ruido sordo.

Se oyó entonces el sonido de las pisadas de unas botas por el suelo de madera y, segundos después, apareció la imponente figura de Carlos arrodillándose ante ella. Pero solo para recoger el libro del suelo y entregárselo.

—Lo siento, no pretendía asustarte.

—Está bien...

Ella tenía pensado decirle muchas cosas, pero al ver su rostro sombrío y la llama verde que parecía arder en sus ojos, decidió cambiar de opinión. Solo podía pensar en lo cerca que estaba de él y en cómo los faroles del porche iluminaban su cara, haciéndola parecer más brillante o más sombría según el ángulo desde el que recibiera la luz.

—Gracias —dijo ella con voz temblorosa, tomando el libro, y luego añadió para romper el silencio—: Te perdiste el almuerzo y también la cena. ¿Dónde has estado todo el día?

—Con los caballos. Hay dos yeguas a punto de parir y dos potros que necesitan ejercitarse un poco. Parece que no los han sacado mucho últimamente.

—Javier ha intentado...

—Es evidente que ya no puede manejar la hacienda como antes. Yo conozco bien a los animales, y él lo sabe.

—¿Te pidió Javier que...?

—No. Ya sabes cómo es mi abuelo. Preferiría quedarse mudo antes que pedirme ayuda.

Carlos había ido a ver al ganado, se había preocupado por la hacienda asumiendo la responsabilidad, sin que nadie se lo hubiera pedido, a pesar de que sabía ya que no era heredero de esa propiedad. Pero la llevaba en la sangre y no podía evitarlo. Hasta tenía esos lapsus en los que seguía llamándole abuelo a Javier, como si realmente lo fuera.

—¿Dónde está el viejo ahora?

—Javier se fue a la cama. Dijo que estaba cansado.

—Me sorprende que lo dijera, nunca ha reconocido sus debilidades. Le sabes llevar muy bien, hace todo lo que dices y te deja que lo ayudes. Tienes mucha paciencia con él. Estás haciendo un gran trabajo. Has conseguido cosas que nunca habría imaginado.

Martha sonrió levemente; pero sin poder evitar en sus ojos una sombra de melancolía.

—Quizás sea porque soy una mujer... y no soy de su familia.

—Yo tampoco soy de su familia, ¿recuerdas?

—Pero eres la persona más cercana que tiene. Todos solemos ser más duros y exigentes con nuestros familiares..., con aquellos a los que amamos. Pero eso lo que demuestra precisamente es el amor que los tenemos.

—¿Lo dices en serio? —dijo él, incorporándose y poniéndose a pasear inquieto hasta el otro extremo del porche—. Javier me echó de su casa y me desheredó. ¿Crees de verdad que eso fue una muestra del amor que me tiene?

Martha esbozó una mueca de tristeza al escuchar esas palabras amargas llenas de ironía. Sintió deseos de acercarse a él y tocarlo, aunque solo fuera en un brazo, para consolarlo y salvar la distancia que parecía separarlos. Pero no se atrevió a hacerlo. Sabía que no debía intentar nada hasta que no le dijera la verdad sobre la razón por la que estaba allí. Aunque temía que cuando se la dijera, tal vez, la brecha que había entre ellos se hiciera aún más grande que nunca.

—Comprendo el dolor que sientes. Sé el amor que le tienes a pesar de lo que te ha hecho.

—No irás a decirme también que me pidió que viniera aquí como muestra de su amor, ¿verdad? –dijo Carlos, apoyándose en la barandilla del porche y mirando las estrellas–. ¿O has tenido tú algo que ver en esto?

—No...

Ella hubiera deseado ardientemente poder decirle que no tenía nada que ver con el hecho de que Javier le hubiera llamado. Pero no quería mentirle. Sabía que la sinceridad era el único camino viable para avanzar en su relación.

—No estoy muy convencido.

—No es nada de lo que piensas –replicó Martha, incapaz de soportar más el tono irónico de Carlos–. El hecho de que esté aquí cuidando a Javier y de que tú hayas venido no tiene nada que ver con herencias ni con ninguna pretensión mía sobre su dinero.

Él se volvió ahora hacia ella y la miró fijamente. Casi no podía verle la cara, pero sí la larga y esbelta silueta de su cuerpo recortada contra la oscuridad de la noche.

—Entonces, ¿con qué tiene que ver?

—Contigo y conmigo... Con esa noche que pasamos en el hotel. Con la noche en que nos conocimos...

Se le quebró la voz en las últimas palabras, como si sintiera vergüenza o pudor al pronunciarlas.

Los dos se quedaron por un instante quietos y en silencio.

—Esa noche –repitió él, acercándose de nuevo a ella.

—Esa noche que estuvimos juntos... el preservativo

no funcionó. Nosotros... yo... estoy embarazada. Voy a tener un hijo tuyo.

Las palabras sonaron con rotundidad en mitad del silencio de la noche. Ella casi creía escuchar cómo se le ponían los pelos de punta tras su cruda revelación. Nunca había pensado decírselo de esa forma tan brusca e improvisada. Había planeado esperar la ocasión propicia para exponerle la situación tranquilamente, después de algunas explicaciones previas. Pero no había podido aguantar más la angustia y se lo había soltado todo sin pensárselo dos veces. No podría haberlo hecho peor por más que lo hubiera intentado.

Carlos se quedó helado, como si se hubiera convertido en una estatua de piedra.

–Un hijo –repitió él, en un tono como si estuviera pronunciando una palabra terrible–. ¿Cómo diablos pudo pasar una cosa así? –preguntó él secamente.

A Martha se le heló la sangre en las venas al escucharlo.

–Como pasan siempre estas cosas –respondió Martha con un cierto tono de frivolidad que pensó podría relajar la tensión del momento pero del que se arrepintió en seguida al ver cómo él fruncía el ceño–. El preservativo debió de romperse. O, tal vez, ya estuviera defectuoso. Te juro que el bebé es tuyo. Ya sabes que yo era...

Sí, lo sé –dijo él, haciendo un aspaviento con las manos como desestimando lo que ella estaba a punto de decir–. Por mis pecados, que sé que eras virgen.

«Por mis pecados», se dijo ella. Esas palabras parecían expresar con claridad lo que él sentía en ese momento.

Carlos se puso a pasear de nuevo por el porche. Sus movimientos inquietos dejaban bien a las claras la batalla que estaba librando consigo mismo.

–Sabía que el preservativo se había roto. ¿Por qué demonios si no crees que salí de la habitación a tomar un poco el aire?

Eso indicaba a todas luces el rechazo y la aversión que él había sentido aquella noche ante la idea de tener que enfrentarse algún día a esa situación.

–¡Lo sabías! –exclamó ella sorprendida, en un hilo de voz–. Pero no me dijiste nada. Te marchaste de la habitación deprisa como si huyeras de algo.

–No me siento orgulloso de ello. Sé que no abordé la situación como debía. Pensé que cuando volviera a la habitación podríamos tratar el asunto con más calma.

–¿Y qué habrías hecho entonces? ¿Ponerte de rodillas y decirme que no me preocupase, que si me quedaba embarazada estarías a mi lado y no me dejarías nunca? No lo creo –dijo ella, y añadió luego al ver la expresión sombría de sus ojos–: Por supuesto que no.

Carlos se quedó inmóvil a unos metros de ella. Martha lo miró fijamente. Nunca antes le había parecido tan alto, tan grande, tan oscuro. Nunca antes le había visto así. Él era su hombre, su amante por un día y... el padre de su hijo.

–No. Pero me habría gustado sentarme contigo y hablar.... Decidir lo que podríamos hacer en caso de que el error que habíamos cometido tuviera consecuencias.

Martha no podía creer lo que estaba escuchando. Ella había estado pensando todo ese tiempo en su bebé, en el niño al que ya amaba aun antes de que naciese. Había pensado en su deber de decirle a Carlos que iba a ser padre. Y él se limitaba ahora a describir la situación en términos de consecuencias... y errores.

–Pues bien, las consecuencias, como tú dices, ya están aquí –dijo ella con ironía.

Hubiera querido no seguir empleando ese tono de

frivolidad, pero era la única forma que tenía de contra-
rrestar la angustia y la agitación que sentía por dentro.

–¿No te cabe ninguna duda de que estás embarazada?

–Ninguna. Estoy de cuatro meses, tres días y... –echó
un vistazo al reloj que veía todo borroso por las lágrimas que empezaban a brotar de sus ojos– cinco horas,
arriba o abajo, según tengamos en cuenta la hora local
de Inglaterra o de Argentina. Estamos hablando de tu
hijo –añadió ella, temerosa de que él dudase de su pa-
ternidad.

Después de todo, tampoco tenía ninguna prueba para
demostrarlo.

–¿No ha habido nadie más?

–¡Nadie! –exclamó ella indignada–. ¿Por qué clase
de mujer me tomas? ¿Crees acaso que tenía un pelo-
tón de hombres haciendo cola en la puerta de mi habitación? ¡Debes de estar de broma! Después de mi experiencia con Gavin... y luego contigo, creo que ya he
llenado mi cupo de relaciones desastrosas por una buena
temporada.

–No me compares a mí con ese canalla malnacido
con el que estuviste comprometida. Sea lo que sea, yo
no soy un embustero y un farsante como él. Y sé que
eras virgen cuando nos acostamos juntos.

«Por mis pecados...» pareció ella estar oyendo de
nuevo.

–Podría pedirte que nos hiciéramos un test –dijo
Carlos secamente.

Ella estaba preparada para esa respuesta. Era lo menos que había esperado.

–Naturalmente –replicó Martha–. Estoy dispuesta.
No tengo nada que ocultar.

Él clavó sus brillantes ojos verdes, ahora más oscuros, en los suyos, tratando de bucear en su alma y en su corazón, en busca de la verdad. Luego asintió levemente con la cabeza y se metió las manos en los bolsillos de los vaqueros.

—Te creo. No podrías demostrar tanta seguridad si me estuvieras mintiendo. Lo vería en tu cara. Así que tenemos un hijo. Mi hijo. Por eso viniste aquí a buscarme para...

—Para decirte que ibas a ser padre. Solo para eso. Tenías derecho a saberlo.

Aún se sentía algo aturdida, tras la angustiosa conversación que había tenido para convencerle de que el bebé era suyo.

—Y ¿qué esperas ahora de mí? —dijo él fríamente, con el ceño fruncido y el cuerpo tenso.

—¿De ti? Nada.

Era verdad. Ella no esperaba nada de él. Al principio, cuando él había llegado a El Cielo, había albergado alguna esperanza. Pero la había perdido por completo al no observar en él la menor muestra de interés hacia ella. Ahora, parecía volver a ver el calor en su ojos cuando la miraba, demostrando que aún la deseaba sexualmente. Pero no le había dicho nada que le indicase que sintiera por ella algo más profundo.

—¿Esperas que me lo crea?

—¿Por qué no, Carlos? ¿Porque soy una de esas vírgenes pesadas que se aferran a un hombre y no le dejan en paz? No tienes por qué preocuparte. Además, ya no soy virgen. Vine solo para decirte que llevo en mi vientre una nueva vida que hemos creado entre los dos. Una vida que pienso amar y cuidar lo mejor que pueda. Si quieres formar parte de la vida de nuestro bebé, serás bienvenido, emprenderemos juntos ese nuevo camino. De lo contrario, me haré cargo yo sola de todo.

–Antes quiero hacerme una prueba de ADN –dijo Carlos bruscamente.

–Por supuesto –replicó Martha, tratando de disimular la decepción que sentía ante esa nueva demostración de desconfianza hacia ella–. Es lógico que quieras asegurarte de que el hijo es tuyo.

Martha tragó saliva para intentar digerir el nudo que tenía en la garganta. ¿Qué otra cosa podía haber esperado? Debía haber sabido que él no iba a creerla tan fácilmente.

–¡No! –exclamó él con gran vehemencia, consiguiendo despertar en ella un escalofrío a pesar de la calidez de la noche–. Lo que de verdad quiero es que mi hijo o mi hija sepan a ciencia cierta quién es su verdadero padre. Que no tengan ninguna duda en su vida de cuáles son sus raíces. Que no puedan descubrir un buen día, de repente, que han vivido engañados toda su vida y que todo aquello en lo que habían creído era solo una mentira y una falsedad.

Como le había ocurrido a él. No necesitaba decirlo con palabras. No había ninguna duda de que todo lo que acababa de decir tenía como espejo su amarga experiencia en la vida.

Martha no pudo evitar que las lágrimas rodaran de nuevo por sus mejillas al recordar la cara de dolor de Carlos cuando llegó a El Cielo y vio a Javier en la silla de ruedas.

–Y luego nos casaremos.

Martha se quedó con el corazón encogido durante unos instantes. No sabía si las palabras que creía haber oído eran una ilusión, un eufemismo o solo una forma de hablar. No estaba segura de haberlo entendido bien. A lo mejor, él había dicho otra cosa. Pero su voz había sonado tan suave como rotunda. No había la menor sombra de duda en sus palabras.

Pero, tras esos instantes de sorpresa, trató de reflexionar. Esa no era la forma en que ella había esperado que se solucionasen las cosas. Ese no había sido el objetivo de que ella hubiera viajado miles de kilómetros para ir a buscarlo allí, en El Cielo. No podía serlo después de haberle oído decir aquello de: «Las vírgenes tiene tendencia a aferrarse a uno... Tienen estrellas en los ojos y sueñan con un príncipe azul y una vida eternamente feliz».

Esas palabras resonaban en su cabeza como los ecos de una montaña. No, ella no había ido allí soñando con un bonito cuento de hadas. Sabía que Carlos nunca sería su príncipe azul, porque el príncipe del cuento se había enamorado locamente de Cenicienta. Igual que ella de Carlos.

Después de su experiencia con Gavin, no tenía intención de volver a abrir su corazón, embarcándose en la aventura de un matrimonio sin garantías. Ella quería que su matrimonio estuviera basado en el amor mutuo y no en satisfacer un simple deseo.

Respiró hondo un par de veces, tratando de buscar las palabras adecuadas.

—Eso no va a suceder —dijo ella, satisfecha de haber sido capaz de pronunciar esas palabras sin haberle temblado apenas la voz.

—¿Por qué no? —replicó él, sin dar crédito a sus oídos.

Si, un instante antes, se había quedado de piedra al escuchar que iba a ser padre, ahora se había quedado casi paralizado.

—Porque no nos vamos a casar.

Capítulo 8

QUE no nos vamos casar? –exclamó él, sin poder dar crédito a que ella pudiera estar rechazando su proposición.

–No –respondió ella casi en un susurro.

–¿Y por qué no, si se puede saber? –preguntó él secamente.

–Porque... porque...

¡Por Dios santo! ¿Qué respuesta podría darle que sonara mínimamente convincente? ¿Qué podría decirle para que él no la viera con estrellas en los ojos, soñando con un príncipe azul y una vida eternamente feliz? ¿Qué podía decirle sin tener que mencionar esa gran palabra de cuatro letras... «amor»?

–Pensé que, ya que tú creciste en una familia sin un padre, querrías que tu hijo tuviera una madre y un padre.

Sí, pero eso no era suficiente, se dijo ella. El suyo sería solo un matrimonio de conveniencia. Sabía que Carlos se sentiría atrapado en ese matrimonio porque eso era algo que él no había buscado. Él no había deseado ese matrimonio, sino que le había venido impuesto por las circunstancias. Aún podía recordar el miedo dibujado en su rostro cuando le dijo que era virgen la noche que se conocieron.

–Los padres no necesitan estar casados para amar a un hijo y criarlo. Tu madre estaba casada con tu padre, pero eso no le impidió traicionarlo. Mi padre abandonó a mi madre cuando se enteró de que estaba embarazada. Ni siquiera vino a verme cuando nací... Además, tú y yo no tenemos nada...

–¿Que no tenemos nada en común? –exclamó él en un tono airado–. ¿Cómo puedes decir eso?

Carlos se puso a dar vueltas de nuevo de un lado a otro del porche, como si fuera un oso enjaulado. Luego, cuando pareció calmarse, se acercó a ella, le tomó las manos y se las acarició lentamente con sus dedos largos y varoniles. Ella sintió como si el cielo nocturno se llenara de una nube rutilante de meteoritos que estallaban ante sus ojos.

–Tenemos muchas cosas que compartir –añadió él, con un brillo en la mirada que pareció iluminar la piel de ella en la penumbra de la noche–. Tenemos esto...

El tono suave y seductor de su voz resultaba más persuasivo, pero también más sobrecogedor que el que había utilizado antes en sus momentos de arrebato.

Martha sintió que no podía resistir por más tiempo la lucha que estaba librando internamente consigo misma.

–Nos compenetramos muy bien –dijo él en voz baja.

–En... la cama.

–Ese puede que sea el mejor sitio para empezar.

Para empezar, tal vez, se dijo ella. Pero, si no había nada más, si no había algo más profundo entre ellos, su relación no llegaría a ninguna parte.

Ella le miró a la cara y por un segundo creyó verse transportada a aquel día, cuatro meses atrás, cuando lo conoció por primera vez. Cuando era Carlos Diablo. Un diablo que se arrodilló a sus pies sobre el asfalto de la carretera empapada por la lluvia y le arrancó el volante del vestido de novia para que pudiera montarse en la moto y marcharse con él, dejando atrás los restos de lo que se suponía habría sido su matrimonio.

En aquel momento, había sentido que podría ir con él a cualquier parte del mundo. Y, si era sincera consigo misma, tenía que admitir que nada de eso había cambiado.

Con sus ojos verdes clavados en los suyos y su cuerpo alto y delgado rozándole las piernas, ella sintió como si un fuego líquido le corriera por las venas. Ella había deseado a ese hombre de forma desesperada aquella noche y aún seguía deseándolo.

No pudo resistir la tentación de extender la mano y tocar la negra seda de su pelo. Lo tenía ahora incluso más largo que aquella noche de abril y se le caía por la cara con la brisa de la noche.

Viendo que él no hacía ningún movimiento para rechazar sus caricias, le pasó los dedos por la frente, las sienes y la barbilla. Una vez más, se estremeció al sentir el roce de su barba incipiente en las yemas de los dedos. Creyó sentir una corriente eléctrica circulando por su sistema nervioso hasta alcanzar los puntos sensibles de su cuerpo. Sintió los pezones de sus pechos duros y erectos y un calor apacible derritiéndose como miel caliente entre las piernas.

Él inclinó entonces la cabeza y puso sus labios sobre la cara interior de su muñeca. Ella sintió aquel beso en la mano como un tormento de sensaciones. El corazón comenzó a latirle en el pecho de manera desenfrenada y su respiración pareció quedarse ahogada en mitad de la garganta.

–Sí, lo sé –la voz de Carlos sonaba suave y tentadora y su sonido resultaba para ella aún más turbador al no poder verle más que la mitad de la cara–. Ya hemos estado antes allí.

–Ahora todo es diferente –consiguió decir ella a pesar del nudo que tenía en la garganta que casi le impedía hablar–. Ahora no podrías arrancarme la falda tan fácilmente...

La voz se le heló en los labios al ver el brillo de sus ojos. Supo, al instante, que él ya no estaba pensando en la noche que habían pasado juntos, sino en la que podrían pasar ahora.

–Si es eso lo que quieres que haga –dijo él suavemente, bajando la mirada por la falda de color azul pálido que le llegaba hasta los pies–, no creo que me resulte muy difícil.

–Yo.... –susurró ella nerviosa, pasándose la lengua por los labios–. No...

–Vamos decídete –dijo él con una sonrisa sensual y seductora–. Si no, no voy a saber a qué atenerme contigo. Cuando dices que sí, creo que, en realidad, quieres decir que no, y viceversa.

Ella se quedó embelesada mirándolo. Su voz era pura seducción y su sonrisa toda una tentación. Aún recordaba esa boca en sus labios, recorriendo su piel, sus pechos... Deseaba, necesitaba volver a revivir de nuevo aquella experiencia maravillosa. Sintió su cuerpo abrasado de deseo solo de pensarlo.

Carlos dejó que cayera al suelo el libro que ella aún tenía en el regazo y deslizó un dedo suavemente a lo largo de la falda, deteniéndose en la costura donde se unía la parte baja del volante con la parte de arriba del vestido. Ella recordaba, igual que él, la facilidad con que le había desgarrado la costura del vestido de novia.

–¿Qué? ¿Te decides...? ¿Qué significa esa cara? ¿Un sí o un no?

Ella sabía lo que debería hacer y lo que debería decirle. Carlos parecía estar ahora de buen humor. Era la ocasión idónea para explicarle por qué no podía casarse con él, por qué no necesitaba casarse con él. Pero sabía también que eso podría arruinar la magia de aquel momento, tal vez, irrepetible. Podía arriesgarse a que Carlos, que estaba ahora tan romántico y seductor, se convirtiese en unos segundos en una furia desatada o en un bloque de hielo.

—Si te sirve de algo, creo que ya comprendo por qué te comportaste así conmigo aquella noche en el hotel.

—¿De veras?

Martha agradeció que la oscuridad de la noche disimulara el rubor de sus mejillas. Él la miró muy sonriente y ella pensó que su sonrisa era demasiado atractiva como para perderla.

—Habías planeado perder la virginidad esa noche, pero las circunstancias obraron en tu contra —dijo Carlos sin perder la sonrisa—. Eso debió de ser muy frustrante para ti. Querías que las cosas cambiaran en tu vida, por eso...

—Por eso me agarré al primer hombre que pasó por mi lado. Cualquier puerto es bueno en medio de una tormenta, ¿verdad? —exclamó ella con el rostro encendido, llena de indignación—. Lo que dices me parece un insulto a la inteligencia. A la mía, por lo menos. ¡No fue así en absoluto!

—¿No? —replicó Carlos, arrodillándose junto a ella—. Entonces, dime, ¿cómo fue?

—Yo...

¿Se atrevería a decirle la verdad? ¿O sería aún peor guardársela? Lo que no podía soportar era dejar que él pensase que ella lo había utilizado solo para satisfacer una necesidad que había sentido en un momento dado.

Lo que ellos habían compartido había sido algo muy especial. Al menos, para ella. Esa noche había sido la noche de bodas que ella habría deseado tener si se hubiera casado con un hombre al que amase.

Sintió un vuelco en el corazón al darse cuenta de que, en sus pensamientos, se estaba imaginando a Carlos como el novio con quien hubiera querido pasar su noche de bodas.

–Venga, dime, ¿cómo fue?

–Así... –dijo ella, acercando la boca a la suya y besándolo de forma apasionada–. Conocí a un hombre maravilloso, distinto a los demás. Un hombre al que deseaba besar y tocar...

Ella acompañaba las palabras con las acciones.

Escuchó, en seguida, los gemidos de Carlos.

–Y al que yo deseaba que me tocase –continuó diciendo ella–. Era el hombre que había estado esperando toda la vida. El hombre que podía enseñarme lo que significaba ser una mujer. Y, extraña e increíblemente, parecía que él me deseaba también.

–¿Extrañamente? –exclamó Carlos entre una mezcla de risas y gemidos–. *¡Santo Dios!* ¿No te has mirado nunca al espejo? Eres una mujer muy hermosa.

–Gavin no pensaba eso de mí.

–Entonces debía de ser más estúpido de lo que suponía. Por lo que parece que no solo carecía de cerebro, sino que tampoco tenía ojos en la cara.

La vehemencia con que él pronunciaba esas palabras actuaban en ella como un bálsamo benefactor para su maltrecho ego de mujer despreciada por su prometido.

–Me siento hermosa cuando estoy contigo. Me sentí una mujer maravillosa aquella noche a tu lado. Porque tú me deseabas tanto como yo a ti. Me hiciste sentir como si fuera la única mujer en el mundo.

–Aquella noche, eras la única mujer del mundo para mí –dijo él con la voz apagada–. Yo te deseaba entonces y te deseo ahora.

—¡Oh, Carlos! —exclamó ella con un suspiro de agradecimiento, de aceptación, de consentimiento.

Él, haciendo uso de ese consentimiento, decidió pasar a tomar la iniciativa.

Se puso de pie y la besó en la boca tal como ella estaba deseando, devolviéndole cada beso.

Ella se agarró a él cuando la levantó de la tumbona. Luego le paso los brazos por el cuello y enredó los dedos en su pelo.

Carlos la llevó medio en vilo, medio a rastras, hacia la escalera de la parte de atrás, alejada de la suite privada de Javier, y se dirigió con ella a la habitación que Martha había preparado para él un par de días antes.

A cada dos o tres pasos, se paraba para apretarla contra la pared y besarla apasionadamente, presionando de forma salvaje su cuerpo contra el suyo para hacerle sentir en los muslos el calor y la fuerza de su erección, a través del suave tejido de su vestido. Pero incluso eso suponía una barrera demasiado odiosa, pues establecía una cierta separación entre ellos. Deseaban sentir el contacto directo de la carne del uno en el otro.

Entre besos y trompicones, y casi sin mirar por dónde iban, consiguieron llegar agarrados al dormitorio. Entraron corriendo y se lanzaron a la cama entre besos y abrazos. Martha le quitó a Carlos la camisa polo que llevaba e introdujo la mano por debajo de la cintura de su pantalón, desatando una oleada de deseo incontrolable.

La ropa de ambos salió volando, cayendo en el suelo desparramada por todos los rincones.

Los besos eran casi salvajes y muy exigentes. Libres de complejos. Desinhibidos.

La caricias eran una incitación al frenesí, al deseo y a tomar el placer allí donde pudieran encontrarlo.

No había delicadezas ni precauciones en aquella batalla sexual, solo una apremiante necesidad de satisfacer sus deseos.

Martha echó la cabeza hacia atrás, arqueó la espalda y soltó un grito cuando él se puso encima de ella y la penetró con toda la fuerza y el vigor de su poderosa erección.

Se agarró con fuerza a sus hombros, clavándole las uñas en la carne, y se sintió ascendiendo cada vez más y más alto, perdiéndose y abandonándose por completo, dejando que él llevase el control. Al cabo de unos minutos, él llegó al éxtasis entre jadeos y convulsiones, arrastrándola a ella casi al mismo tiempo.

En esos momentos intermedios entre el clímax y la realidad, mientras ella descendía a la tierra, no sintió más que el calor y la fuerza de los brazos de Carlos alrededor de ella y el latido acelerado de su corazón junto al oído.

Se sintió dichosa y feliz, pegada a su cuerpo. Todo era perfecto.

Permanecieron callados y sin moverse uno junto al otro. No eran necesarias las palabras, ya había tenido lugar toda comunicación necesaria de la forma más básica y primitiva, y en un lenguaje sin complicaciones, que no daba lugar a equívocos ni a falsas interpretaciones.

Carlos se revolvió a su lado, suspirando profundamente y murmurando algo en español, en voz baja. En un mundo ideal, ella habría pensado que él estaba pensando lo mismo que ella, que él también deseaba que el amor fuera el medio simple y directo de comunicación entre ellos, sobrando las palabras, cuando podían hablar los cuerpos.

Pero la verdad era que, en el fondo, incluso esa comunicación no había sido tan simple y directa. Porque mientras ella sabía exactamente por qué había sentido esa pasión tan desenfrenada hacia él, desconocía por completo lo que él había sentido por ella. Le había dicho que la deseaba. Eso era todo. Su cuerpo se había entregado a ella. De eso no le cabía ninguna duda. Pero ¿y su mente?, ¿y su corazón? No tenía respuestas a esas preguntas y sabía que, en cuanto se las hiciese a él, comenzarían las complicaciones y se sumiría de nuevo en un mar de incertidumbres que no sabía a dónde podría llevarla.

Carlos emitió un suspiro que casi se solapó con el suyo. Luego se volvió lentamente hacia ella y la miró con sus ojos verdes. Era la mirada sensual de un hombre que acababa de saciar su deseo físico.

—Todo sigue igual, ¿verdad? —dijo él en voz baja—. La misma química. Nada ha cambiado, nada se ha desvanecido ni debilitado. Solos tú y yo, y este infierno que arde entre nosotros cada vez que nos tocamos. Eso es lo que hará que nuestro matrimonio funcione.

—Solos tú y yo —repitió Martha, procurando borrar cualquier vestigio de nostalgia en su voz.

Por un momento, estuvo tentada de volverse atrás y reconsiderar su propuesta de matrimonio. De reconsiderar aquella declaración de matrimonio, libre de emociones tal como había sido. Como si solo existieran Carlos y ella, y nadie más.

Pero sabía que eso ya no era verdad. Ya nunca más estarían ellos dos solos. Había otra persona con la que contar. Su bebé.

Carlos pareció darse cuenta de sus dudas.

—¿Qué te pasa? —preguntó él, levantando la cabeza y mirándola con los ojos entornados—. ¿Ocurre algo?

Si él le preguntaba eso, si necesitaba hacerle esa

pregunta, dudaba mucho de que pudiera entonces comprender su respuesta.

Estaba claro que él pensaba que la había convencido de que un matrimonio basado solo en el sexo podía ser suficiente. Podía funcionar. Pero ella sabía que un matrimonio así solo conseguiría vaciarla de sentimientos, reducirla a una simple envoltura física, sin alma ni corazón, hasta acabar destruyéndola.

Tenía que decirle por qué su matrimonio nunca funcionaría, por qué tenía que rechazar su proposición.

Pero no sabía cómo. No sabía por dónde empezar.

Capítulo 9

TENÍA que ser cauta y llevar el asunto con cuidado. Había algo muy importante en juego.

Se echó el pelo hacia atrás y miró a la pared. No se sentía con valor para mirarlo a la cara.

—«Las vírgenes tienen tendencia aferrarse a uno» —dijo ella, repitiendo las palabras que él le dijo el primer día que se conocieron—. ¿Por qué me dijiste eso? ¿Qué te hizo pensar que yo...?

—No sé a qué te refieres... —replicó Carlos, revolviéndose inquieto en la cama.

—¿Por qué? —insistió ella—. ¿Qué pasó en tu vida? ¿Quién te hizo que llegaras a pensar de ese modo?

Él cerró los ojos y luego se encogió de hombros, como tratando de quitarle importancia a la pregunta... o a sus recuerdos.

—Yo tenía dieciocho años y estaba en la universidad cuando conocí a una chica.

Abrió los ojos y miró por la ventana. A lo lejos se divisaba una cadena montañosa, teñida de rosa y violeta. Era la puesta del sol del atardecer.

—Solo pretendía pasar un buen rato y pensé que Eve quería lo mismo. Era un año mayor que yo y pensé que tendría ya alguna experiencia. Pero me equivoqué.

Carlos se pasó la mano por el pelo en un gesto que delataba su desazón.

—Cometí el error de romper con ella demasiado pronto.

Eve estaba convencida de que estaba enamorada de mí y pensaba que yo también debía de estarlo de ella. Se negó a escucharme cuando le dije que yo no sentía lo mismo. Me hizo la vida imposible, me acosaba a todas horas y no me dejaba ir a ninguna parte. Tenía una copia de la llave de mi habitación y me la encontraba muchas noches en mi cama cuando volvía de clase. Iba divulgando que yo la trataba mal y amenazando con cortarse las venas. Un buen día, apareció por aquí.... Durante la noche se hizo unos cortes y luego dijo que yo se los había hecho...

Martha, que había seguido su relato con la respiración contenida, se volvió para mirarlo, incapaz de creer lo que estaba oyendo. Los ojos verde musgo de Carlos parecían empañados con la niebla de sus recuerdos.

–Me dijo que hacía todas esas cosas porque estaba enamorada de mí. Quizá...

–No –dijo Martha, negando con la cabeza–. El amor no es eso. Cuando alguien está enamorado desea todo lo mejor para la persona amada. Los acosos y las amenazas no tienen nada que ver con el amor.

«Eso es justo lo que tú también debes recordar», pareció decirle una voz interior en ese momento. Sí. Esa era la razón por la que ella no podía aceptar la proposición de matrimonio de Carlos. Él no quería en realidad casarse con ella. Se lo había pedido, llevado solo por un sentido de la responsabilidad. Para cumplir con ella y con su futuro hijo. Pero ella se había prometido dejarlo en paz y no presionarlo. Quería que viviera su vida y decidiera libremente. Así era como debían ser las cosas...

Incapaz de llegar más allá en sus reflexiones, se puso a mirar por la ventana como él. Pero realmente no veía ni la belleza del lago ni las imponentes montañas teñidas con las luces rosadas del ocaso. Tenía la mente puesta en otra cosa. Igual que él.

Sí, así era como debían ser las cosas aunque ella lo amase tanto como lo amaba. Ella había entregado su corazón a Carlos Diablo, a su diablo Carlos, al hombre que había entrado en su vida de forma tan sorprendente como inesperada. Al hombre que había llenado un vacío en su vida, haciéndola comprender que el amor era mucho más que buscar una seguridad en la vida. Ese deseo apremiante de querer ser amada era lo que le había llevado a su fracaso con Gavin.

Recordando todas las emociones vividas con Carlos, creyó entender de repente algo que debía de haber pasado por la mente de Eve. Pero sabía también que debía ser fiel a sí misma y coherente con su forma de pensar, a pesar del dolor que eso pudiera ocasionarle.

Si él no la amaba como ella a él, de nada valdría presionarlo y hacerle sentir culpable como Eve había tratado de hacer.

Si no podía tener su amor, tampoco iba a hacer nada para que acabara odiándola como seguramente habría odiado a esa pobre chica.

Debió de haber sido algo terrible para él. Por eso tenía esa norma sobre la vírgenes grabada a fuego en la mente.

Su relación estaría condenada de antemano al fracaso si él la odiaba. Una relación no podía basarse solo en la existencia de un hijo. Si no había amor mutuo, ese hijo acabaría siendo la víctima de un tira y afloja entre sus padres.

Tenía ahora a Carlos muy cerca de ella. Lo miró fijamente a los ojos.

—Eso no era amor, era una obsesión. Los acosadores no saben amar. Solo quieren poseer.

–Tenía miedo de lo que ella pudiera hacer –dijo él en un tono de voz casi imperceptible, pero que ella comprendió perfectamente por la expresión de su cara–. Podría arruinar la relación que tenía con mi abuelo. Podría quedarme sin la única familia que tenía.

–¡Oh, Carlos...!

Él sonrió con amargura y, cuando volvió a hablar, ella se dio cuenta de que había vuelto a cerrar su corazón y a refugiarse tras la máscara protectora de su ironía.

–Pero, mira por dónde, resultó que no tenía por qué preocuparme por nada. Ella no podía destruir ninguna relación con mi abuelo, por la sencilla razón de que esa relación estaba ya destruida. Mi madre se había encargado de ello.

Su madre, que en su egoísmo, no había querido hacerse cargo de él y se lo había dejado a Javier, para poder tener las manos libres e irse a vivir su propia vida.

Si Martha hubiera necesitado alguna razón más para convencerse de que estaba haciendo lo correcto, la habría encontrado en las palabras irónicas y en la sonrisa amarga de Carlos. Él llevaba encima una losa emocional, fruto del trauma que le habían dejado dos mujeres: su madre y Eve. Eran dos heridas que aún no habían cicatrizado.

–Hay relaciones que sería mejor no haber tenido –dijo ella–. El amor verdadero no atrapa a la gente. Todo lo contrario, los hace más libres para que sean ellos mismos.

Martha besó a Carlos muy suavemente en la boca, sin saber si sería eso lo que deseaba. Pero lo supo al instante en cuanto sintió el cambio de ritmo de su respiración y él le pasó el brazo por el cuello y la atrajo hacia sí para que poder besarla más profundamente.

Ella abrió los labios y se apretó con fuerza contra su cuerpo.

–Basta ya de hablar –dijo él–. Ya hemos tenido bastante. Hay otras formas mejores de...

Con las manos unidas, se besaron y se acariciaron.

Ella volvió a sentir ese deseo que solo había conocido desde que vio a Carlos por primera vez. Era una pasión que dejaba sin vigor las normas sociales que habían regido su vida segura y apacible hasta entonces. Era algo aterrador y emocionante al mismo tiempo.

La respuesta de ella fue tan patente como el deseo de él. Sobraban las palabras. No hubieran hecho más que romper el hechizo del momento. Y ella necesitaba volver a estar con él, al menos, una vez más.

No podía negarse esa satisfacción. Tendría que enfrentarse en breve a la cruda realidad con todas sus complicaciones, pero ahora solo quería gozar el presente.

Así que se entregó al deseo que hervía como un torrente de lava en su interior, dejando que el volcán entrase en erupción y su magma se desbordase. Dejó a un lado todos sus pensamientos y preocupaciones para que aflorasen solo sus sentimientos y solo tuviera consciencia del hombre que había llegado a ser todo su mundo en tan corto espacio de tiempo.

Mañana sería otro día.

Mañana le diría de nuevo que no podía casarse con él y trataría de convencerlo con sus razones, a pesar de que su corazón le estaría diciendo, por dentro, que se dejase de tonterías, aceptase su proposición y mandase al infierno las posibles consecuencias.

Pero primero gozaría de una noche más a su lado.

Capítulo 10

ESO no va a suceder... Porque no nos vamos a casar. No tenemos nada...».

Carlos instigó a su caballo para que galopara más deprisa. Estaba en el campo abierto a varios kilómetros de la mansión, a lomos de un formidable purasangre de pelo castaño que respondía veloz a sus gestos de mando.

En su juventud, había pasado muchos momentos como ese, cabalgando de forma salvaje por aquella zona desierta, sin más compañía que la del animal. Habían sido sus momentos más felices, galopando libre y sin inhibiciones, kilómetros y kilómetros bajo el cielo azul, dejando atrás las preocupaciones, y regresando luego a El Cielo con una infinita sensación de paz.

Había tratado los problemas de esa misma forma, incluso cuando era niño. Solo que, en vez de con un pura sangre, iba con el poni que su abuelo le había dado como regalo de cumpleaños. Eran los días felices. Cuando creía que Javier era su abuelo.

Recordaba haber estado cabalgando decenas de kilómetros el día que le dijeron que su padre había muerto. No volvió a casa hasta que estuvo demasiado cansado para seguir montando. Cayó exhausto de la silla de puro agotamiento al llegar a la entrada de la mansión.

Algo parecido sucedió cuando le llegó aquella carta el día de su décimo cumpleaños, informándole de que su madre se había vuelto a casar y que su nuevo marido no quería que el hijo de su primer matrimonio viviera con ellos.

Al final, había acabado acostumbrándose a estar solo. Él y su «abuelo» siempre se habían llevado bien, a pesar de que Javier no era un hombre especialmente cariñoso y le costaba bastante demostrar su afecto. Pero les unían muchas cosas, como su pasión por El Cielo y por los caballos de polo que se criaban en la hacienda.

El Cielo había sido el único hogar que él había conocido. Y el único vínculo con su padre.

Hasta que supo que no era realmente su padre. Fue entonces cuando sintió que había perdido, de golpe, su hogar, sus padres, su abuelo y... su identidad. Ni siquiera sabía quién era.

«Nunca habría sabido quién eras realmente. Eso era lo que querías, ¿verdad?».

Las palabras de Martha resonaron en su mente.

¿Quién era él en realidad? ¿Qué sentido había tenido decirle nada cuando ni él mismo sabía quién era? ¿No era eso por lo que había ido allí en cuanto Javier le había llamado, confiando en que hubiera cambiado de opinión y fuera posible la reconciliación entre ellos?

Pero ahora sabía que Javier no había cambiado en absoluto. Solo le había llamado allí para que hiciera «lo correcto» con Martha Jones.

Si le quedaba alguna duda de ello, Javier se lo había dejado bien claro esa mañana después de la charla que habían tenido.

¡Maldita sea!

Carlos lanzó una maldición y soltó las riendas del caballo para dejarle que fuera donde quisiera. Le daba igual a dónde lo llevara.

Él había tratado de hacer «lo correcto» con Martha. Con Martha y con su hijo. Era todo lo que deseaba, cuidar de ellos. Para que su hijo no creciese como él, sin saber quién era ni a dónde pertenecía. Quería que su hijo supiese que tenía un hogar y una familia. Un padre y una madre.

Familia. Él apenas sabía lo que significaba esa palabra. Conservaba unos vagos recuerdos de niño, de cuando tenía nueve años, en los que veía al que creía que era su padre y a él en El Cielo. Los recuerdos no eran claros, pero sí las sensaciones.

Él quería que su hijo tuviera todo eso que él no había tenido. Y sabía que entre Martha y él podrían dárselo. Ella sería una madre maravillosa. De eso, no le cabía ninguna duda. No había más que ver la paciencia y la compresión con que trataba a Javier a pesar de sus exigencias y malos modos.

Pero Martha se había negado a casarse con él.

«No tenemos nada...».

¿Cómo podía ella decir que no tenía nada en común después de las noches tan maravillosas que habían pasado juntos? Noches de placer en las que habían ardido de pasión durante largas horas, y luego, exhaustos, habían caído dormidos plácidamente uno en los brazos del otro.

¿Acaso eso no era nada?

¿Y aquel momento incomparable de la mañana, cuando, al despertar, la encontraba acurrucada a su lado, y albergaba la esperanza de poder seguir teniéndola a su lado el resto del día, o, por qué no, el resto de sus vidas?

¿Acaso tampoco eso era nada?

Y no todo era sexo. Estaban también esos momentos para hablar, para reír, para estar juntos simplemente.

La había dejado en la cama durmiendo cuando se había despertado a primera hora de la mañana, y ya la estaba echando de menos. Nunca había echado de menos a una persona durante sus cabalgadas por el campo excepto a ella en ese momento. Era una sensación que había empezado a sentir desde el primer día que se conocieron.

Había tratado de olvidarse de ella, de librarse de aquel sentimiento antes de que fuera más profundo, pero no había podido. Había descubierto que lo que sentía por ella ya era demasiado profundo.

Ella le había dicho que estaba embarazada, que llevaba un hijo suyo en el vientre, y él la había creído instintivamente. Había sido una noticia impactante. Le había hecho ver algo que siempre había deseado sin ser consciente de ello.

Volver a El Cielo, a aquel lugar que ya era su casa, le había hecho recapacitar y preguntase qué era lo que de verdad deseaba en la vida.

Un hogar. Una familia. Un lugar al que pertenecer.

«Hay relaciones que sería mejor no haber tenido».

De nuevo creyó oír la voz de Martha tan claramente como si la tuviera al lado.

Por primera vez, desde que montaba a los nueve años, tiró con fuerza de las riendas del caballo castaño, haciéndole piafar y levantar la cabeza. Estaba furioso.

«El amor verdadero no atrapa a la gente. Todo lo contrario, los hace más libres para que sean ellos mismos».

¿Era así como ella se sentía? ¿Atrapada en una relación con él por causa del bebé?

No, no era posible. Ella se había acostado con él por voluntad propia y se había entregado muy generosamente. Aún sentía el calor de su sangre más presente en su piel que el cálido sol de la mañana.

O, tal vez, lo que ella quería decir era que...

Carlos frenó ligeramente el caballo, para cabalgar a un trote discreto. El galope salvaje que había llevado hasta entonces para calmar su desazón no parecía dar el resultado apetecido. Por mucho que corriese no podría alejarse de todo lo que había dejado atrás porque llevaba consigo ese vacío del que trataba de huir. Un vacío que solo Martha era capaz de llenar.

Volvió la grupa del caballo hacia El Cielo. Las paredes de la mansión, pintadas de color crema, brillaban a lo lejos a la luz del sol del atardecer. Hablaría con Javier para aclarar su situación.

Pero lo que más necesitaba era estar con Martha.

Quería que le respondiera a unas preguntas, cuyas respuestas podrían cambiar su vida para siempre.

Martha metió el último lote de ropa en la lavadora, cerró la puerta y dio al botón de puesta en marcha.

Había estado ocupada toda la mañana haciendo mil cosas, pero ahora que ya lo había hecho todo y que Javier se había quedado dormido en su silla en el cuarto de estar, no sabía bien qué hacer. Máxime, teniendo en cuenta que Carlos parecía haber desaparecido de El Cielo.

Era consciente de que su estancia en la mansión estaba tocando a su fin. Ya había cumplido el objetivo que la había llevado allí. Había encontrado a Carlos y le había dicho lo del bebé. Con un poco de suerte, él se comprometería a formar parte de la vida de su hijo en el futuro. Pero eso era todo.

No tenía la menor intención de aceptar la declaración de Carlos. No podía llamarla «proposición» porque había sido hecha de forma unilateral.

No podía casarse con él. No se había escapado de su matrimonio sin amor con Gavin para embarcarse en otro parecido. Sobre todo, cuando sabía que un día, inevitablemente, Carlos se sentiría atrapado y la odiaría por ello. Él podía pensar ahora que el bebé era razón más que suficiente para estar juntos, pero ella sabía que sin amor su matrimonio no podría ir a ninguna parte.

Lo que no sabía era si sería capaz de convencer a Carlos de ello. Podía soportar sus ceños fruncidos y sus arranques de ira, pero, si usaba esas artes de seducción, que tan bien sabía emplear en la cama por la noche, no sabía si podría resistirse.

De hecho, estaba tan segura de saber cómo reaccionaría Carlos que pensó que lo mejor sería aceptarlo desde ahora y comenzar a concienciarse para el futuro. Podía ir ya preparando el equipaje. Así estaría lista para marcharse en cuanto hablase con él. Aunque le desgarrase el corazón, tenía que aceptar que, si él no la amaba, no había ningún futuro para ellos. Tendría que valérselas por sí misma. Tendría a su bebé y saldría adelante. Su hijo sería para ella como un recordatorio constante del hombre al que adoraba.

Entró en su habitación y se puso a doblar cuidadosamente la ropa para meterla en la maleta.

Oyó entonces un ruido en la puerta de entrada y luego unas fuertes pisadas en el vestíbulo.

—¡Martha!

La voz de Carlos resonó con fuerza por la casa como un trueno, consiguiendo ponerle los pelos de punta.

Por un momento pensó en quedarse callada, como si no estuviese. Así no se arriesgaría a enfrentarse con él en el estado de ánimo en que parecía venir.

Pero, pensándolo mejor, llegó a la conclusión de que aquel encuentro, por desagradable que resultara, era inevitable. Y cuanto antes se aclarasen las cosas, antes podría afrontar el futuro con la conciencia tranquila.

—¡Estoy aquí arriba! —respondió ella.

Las fuertes pisadas de Carlos subiendo la escalera sonaron como redobles de muerte. Martha apretó con fuerza inusitada el vestido que estaba doblando.

Un instante después, la imponente figura de Carlos apareció en el dintel de la puerta.

Martha se dio cuenta, nada más verlo, de que el hombre que tenía delante no era Carlos Ortega, sino Carlos Diablo, el hombre que había encontrado en una carretera secundaria de Inglaterra, en medio de una tormenta, y que había cambiado su vida.

Sintió algo especial en el corazón al verlo con el pelo despeinado, con camiseta y pantalones vaqueros, y unas botas altas de cuero de montar muy gastadas y llenas de polvo.

El color de su cara reflejaba que había estado varias horas al sol esa mañana. Sin duda, montando a caballo.

Sus ojos verde musgo, habitualmente alegres y llenos de vida, parecían apagados y sombríos. No había ninguna luz en ellos. Parecían muertos. Ella no recordaba haberlo visto nunca antes así. Tenía una expresión fría y distante. Era como si se hubiese rodeado de un muro protector de tres metros de altura sin una sola grieta ni punto accesible por el que poder pasar.

¿Qué podía haber hecho ella para que él estuviese así?

—Podías llamar a la puerta, al menos, ¿no? —dijo ella, armándose de valor.

—*Perdón* —replicó él con aspereza, con una mueca amarga en los labios.

Carlos arqueó las cejas con ironía, levantó la mano y dio tres golpes en la puerta con los nudillos.

—¿Mejor así?

—Perfecto, gracias.

—Pensé que este tipo de cosas las teníamos ya superadas.

—El hecho de que nos acostemos juntos no te da derecho a irrumpir en mi habitación sin avisar y cuando te dé la gana.

La conversación resultaba ridícula después de la noche de pasión que habían compartido, pero ella no encontraba otra forma de hablar con él en esas circunstancias. El hombre que tenía delante ya no era siquiera Carlos Diablo, su diablo. No era el caballero de la moto que la había auxiliado en la carretera. Era otra persona, un auténtico desconocido, y ella no sabía cómo manejarlo.

Lo único que sabía era que tenía que decirle que iba a marcharse.

Sintió las lágrimas pugnando por brotar de sus ojos al pensarlo. Se había armado de valor para tomar esa decisión. Pero ahora no sabía si sería capaz de comunicársela al hombre que le había proporcionado los momentos más felices de su vida.

Sin embargo, él no la amaba y ella se había prometido que nunca le obligaría a estar con ella en contra de su voluntad solo porque estuviese embarazada.

–Anoche, te pedí que te casaras conmigo.

–No me pareció una petición –replicó ella–. Sino más bien una declaración. «Nos casaremos», fue lo que dijiste. No recuerdo que me hubieras dado ninguna posibilidad de elección en ningún momento.

–Me pareció la forma lógica de proceder.

–Para ti, tal vez. Pero a mí no se me ocurre pensar en el matrimonio como una serie de reglas o procedimientos lógicos. Especialmente, cuando es el resultado de tus «pecados» y tiene por objetivo legalizar las «consecuencias» de tus «errores».

–Esa no es la única razón por la que te pedí que te casaras conmigo y tú lo sabes.

El destello que Martha vio en sus ojos le indicó que sus palabras irónicas habían dado en el blanco. Pero, por un instante, se lamentó de haberlas pronunciado.

–Quiero también formar parte de la vida de mi hijo –dijo él con voz dura y agresiva.

Eso era algo nuevo. Ella nunca le había oído hablar así.

–Por supuesto, podemos hablar de eso.

–Vamos a hablar de eso ahora.

Martha apretó el vestido que estaba doblando, hasta casi arrugarlo. Siempre había sabido que acabarían hablando de la custodia de su hijo. Pero la expresión ceñuda de Carlos y su tono inflexible le preocupaba. ¿Tendría que pelear con él por su hijo?

–Podrás verlo cuando quieras...

–No quiero ser un padre a tiempo parcial. No quiero que mi hijo crezca como yo, sin saber quién era su padre. Quiero...

–¡Quiero! ¡Quiero! –exclamó Martha sin poder contenerse más–. Solo hablas de lo que tú quieres. ¿Y yo? ¿Qué pasa con lo que yo quiero? Yo también crecí sin un padre. Tampoco querría eso para mi hijo si pudiera evitarlo.

Ella vio la forma en que él entornaba los ojos y comprendió el error que había cometido con esas palabras.

Pero ya era demasiado tarde.

—Hay una manera muy sencilla de evitarlo.

Martha trató de suavizar las arrugas que ella misma había hecho en el vestido, terminó de doblarlo y lo puso en la cama junto con los demás que iba a meter en la maleta.

—Puede que sea muy sencilla para ti, pero no para mí.

—No sé lo qué quieres decir. Yo lo veo muy sencillo.

Era tan sencillo que resultaba terriblemente complicado.

Martha bajó la cabeza y siguió con el vestido, desabrochando y volviendo a abrochar el botón del cuello, para que él no advirtiera su angustia.

Para ella, el amor era estrictamente necesario en el matrimonio. Pero, por lo que se veía, para Carlos, no.

Él veía el matrimonio como un contrato legal con beneficios sexuales, mientras ella lo veía como la unión de dos corazones y dos vidas para formar un todo.

Eran dos puntos de vista totalmente opuestos que creaban un abismo insalvable entre ellos y que...

—¿Sigue siendo tu respuesta la misma? –preguntó él.

—Sí.

¿Qué otra respuesta podía darle?, se dijo ella alzando la cabeza con gesto desafiante y conteniendo las lágrimas, dispuesta a enfrentarse a él.

—No puedo casarme contigo. Nuestro matrimonio no funcionaría.

—¿Por qué no?

–¡Oh, por favor, no me preguntes eso! –exclamó ella angustiada.

Si la presionaba y se lo volviese a preguntar, tendría que decirle la verdad. Tendría que decirle que necesitaba su amor. Pero temía la reacción que podría ver en sus ojos.

Probablemente, él la vería entonces como el ejemplo perfecto de la «virgen con estrellas en los ojos que sueñan con un príncipe azul y con un mundo eternamente feliz». Justo eso que él tanto odiaba.

–No voy a casarme contigo... Solo quiero que seas parte de la vida de nuestro bebé. Para que estés a su lado, lo ames y seas un verdadero padre para él. Eso es todo lo que te pido.

Era lo que ella pensaba que Carlos quería. Ser un buen padre para su hijo y dejar que creciera libre sabiendo dónde tenía su hogar y su familia.

¿Por qué se había quedado repentinamente tan callado? ¿Se sentía ofendido por su negativa y su rechazo? Martha se aproximó a él, pero se detuvo al advertir la dureza de su mirada pareciendo ordenarle que no siguiera acercándose.

Ella no se había dado cuenta, pero llevaba los brazos extendidos en un impulso instintivo de abrazarlo. Ahora se quedaron como congelados en el aire.

–¿Eso es todo lo que me estás pidiendo? –dijo él como si estuviera profiriendo contra ella el peor insulto del mundo.

–Sí.

–¿Piensas tú sola sacar todo esto adelante? ¿Lo has pensado bien? Ni siquiera tienes un trabajo o una casa... Yo podría... Vas a necesitar ayuda.

–No te preocupes, me las arreglaré.

—Al menos, aceptarás alguna ayuda económica, ¿no?

—No. Carlos —dijo ella, negando con la cabeza—. La verdad es que no quiero nada de ti. No necesito tu ayuda. Yo tengo dinero... más que suficiente.

Capítulo 11

MARTHA vio la cara de sorpresa e indignación de Carlos. Sin duda no se había esperado esas palabras tan duras.

Asustada de haber llegado demasiado lejos, se dejó caer en la cama.

¿Qué podía haber esperado de él?, se preguntó ella. ¿Acaso había pensado que cambiase de opinión por unas cuantas frases solemnes? Tendría que estar loca para esperar de él una declaración de amor.

Pero ¿y lo de la ayuda económica? Le daban náuseas solo de pensarlo. Más náuseas aún que en las primeras semanas del embarazo.

—Por esa razón estuve a punto de casarme. Aunque entonces no lo sabía —dijo ella, y luego añadió a modo de aclaración al ver su cara de extrañeza—: Había ganado más de siete millones en un sorteo de la lotería. Gavin lo sabía y se ofreció a casarse conmigo. Yo acepté porque pensé que me amaba. De hecho no me di cuenta del engaño hasta la mañana misma de la boda cuando lo descubrí...

—Dándose un revolcón con tu primera dama de honor.

Carlos recordaba aún la cara de indignación que ella había puesto cuando se lo había contado. Fue entonces cuando empezó a sentir que le estaba llegando al corazón. Había empatizado con su dolor y con su indignación por aquel novio miserable que la había traicionado. Y luego había venido el sexo...

—¿Tú tienes dinero?

Carlos se quedó sorprendido al escuchar esa pregunta.

Ella se había negado a casarse con él. ¿Cuántas veces podría habérselo pedido para acabar obteniendo siempre la misma repuesta? Ella no quería ser su esposa, ni llevar su nombre. Quería apartarlo de su vida. Quería que fuera un padre para su hijo, pero nada para ella.

Él había usado la oferta de ayuda económica como último recurso. Para hacerle la vida más fácil. Pero, al parecer, ella tenía su propio dinero.

Entonces, ¿por qué le había hecho esa pregunta? Si ella tenía dinero, ¿para qué necesitaba el suyo?

Sin embargo, en lo más profundo de su alma, albergaba el deseo de que ella lo necesitase.

Necesitaba que ella lo necesitase.

Tenía que agarrarse a esa posibilidad. Que lo necesitase, aunque solo fuera por el dinero.

—Así que, cuando viniste aquí a buscarme, en realidad, lo que querías era...

—¿De verdad crees que vine por tu dinero y por el lujo de El Cielo?

Carlos se sintió abochornado por esas palabras. Se merecía la expresión acusadora de sus maravillosos ojos grises. Podía sentir incluso el ardor de su sangre avergonzada en las mejillas.

—Fui un estúpido al pensarlo. Debería haber comprendido que la mujer que dejó un fajo de billetes en la mesa para ayudar a un pobre vagabundo a pagar la habitación del hotel no podía ser una cazafortunas. Siento haberte insultado, Martha. Te pido disculpas por haber podido llegar a pensar una cosa así de ti.

Martha asintió con la cabeza mientras su mirada cobraba un brillo especial.

–Acepto tus disculpas. La única razón por la que vine aquí fue para decirte lo del bebé. Ahora que ya te lo he...

Ella volvió a ponerse de pie y, al incorporarse, sus pechos se balancearon bajo la blusa holgada que llevaba. Ahora, con el embarazo, tenía los pechos más llenos. Él ya lo había observado al llegar. Y le había gustado el cambio.

¿Qué le había pasado entonces con ella para que las cosas se hubieran deteriorado?

Trató de hacer un examen de conciencia. Al llegar a El Cielo, había creído que ella estaba con Javier y que ambicionaba la hacienda y sus riquezas. Había sentido incluso celos de su presencia allí. Y eso le había hecho comportarse de esa manera tan airada.

–Ahora tengo que irme –dijo ella, agachándose para recoger el vestido que se le había caído al suelo unos momentos antes.

Carlos pudo gozar entonces de la vista embriagadora de sus preciosas caderas y de su trasero firme y respingón. Sintió una excitación instantánea.

Le resultaba difícil pensar mirándola, pero tenía que hacerlo. Ella iba a marcharse. Tenía que convencerla de que no se fuese.

–¿Irte? ¡De ninguna manera!

Ella le dirigió una mirada, mezcla de incredulidad y desdén.

Carlos vio entonces que, además del montón de ropa que había sobre la cama, había también una maleta abierta y medio llena. Ella había empezado ya a preparar su equipaje. Había sido sincera cuando le había dicho que no lo necesitaba.

Pero él si la necesitaba.

–Vamos, Carlos, creo que ya no nos queda nada que decirnos.

¿Cómo que no? El tenía aún una cosa que podía decirle para que dejase la maleta en el armario y reconsiderase su idea de marcharse de allí.

–Hablé con mi abuelo. Ha cambiado de opinión y quiere dejarme El Cielo.

Martha estalló de alegría. Tanto que se le volvió a caer el vestido al suelo. Sus ojos grises cobraron un brillo radiante y luminoso y su boca esbozó una sonrisa amplia y sin reservas.

–¿En serio? Eso es maravilloso. Esa fue entonces la razón por la que te pidió que vinieras, ¿no?

–No.

Carlos vio cómo se le heló la sonrisa en los labios. Sintió deseos de estrecharla en sus brazos y besarla apasionadamente. Pero ahora no era el momento adecuado. De hecho, estaba empezando a preguntarse si podría volver a serlo alguna vez. Apenas había tenido tiempo de asimilar la noticia de que iba a tener un hijo...

Su hijo...

Su mirada se dirigió a la curva de sus caderas y a la línea de su vientre levemente abombado. En algún lugar de allí, su hijo estaba creciendo. Él nunca había pensado en tener un hijo, pero ahora...

¡Cielo santo! Tendría una familia. La familia que nunca había tenido y siempre había deseado. Y todo eso estaba al alcance de su mano.

Pero estaba también la otra cara de la moneda. El contrapunto que actuaba como un jarro de agua fría, devolviéndole a la cruda realidad.

Tan cerca y tan lejos.

Javier le había dicho otra cosa que podría echar por tierra todos sus sueños cuando se la contase a ella.

–Pero El Cielo debería ser tuyo. Tú me dijiste que trabajaste muy duro en este lugar y que ayudaste a construirlo.

–No creo que Javier conozca a ninguna otra persona a la que pueda dejárselo –replicó él con un tono de desilusión.

Sí, él estaba desilusionado. Llegar a hacerse cargo algún día de El Cielo había sido siempre el sueño de su vida. Sin embargo, cuando Javier se lo ofreció, él se dio cuenta de que ese sueño no era como se lo había imaginado, que tal vez había descubierto otro más importante que había ocupado su lugar.

–Por eso Javier ha decidido dejármelo, porque sabe que amo este lugar y entiendo de caballos y de cría de ganado. Sabe que, si me hago cargo de El Cielo, seguirá siendo una explotación rentable.

–En cualquier caso, si Javier tuviera que dejárselo a alguien, debería ser a ti.

Ahí era donde estaba el problema, se dijo Carlos para sí. Javier le había ofrecido El Cielo en unas condiciones que él nunca podría aceptar. A menos que renunciase a tener una familia. Una familia de verdad, con Martha y el niño.

Ella se había dado la vuelta y se había puesto a meter la ropa en la maleta. Carlos pensó que, dada la situación, sería ridículo que él se acercara a ella, le quitara la ropa de las manos y le repitiera otra vez que no iba a permitir que se fuera de allí.

–¡Le dije que no! –exclamó él.

–¿Por qué? –replicó ella, abriendo los ojos como platos con cara de incredulidad.

–No podía aceptar la herencia.

–¿No estarás hablando en serio, ¿verdad?

–Completamente. No la aceptaré. Cometería un gran error si lo hiciera.

–¿Cómo puede ser eso? –replicó ella, sorprendida.

–Porque si acepto la oferta de Javier, entonces no podré pedirte nunca más que te cases conmigo –respondió él, recalcando cada palabra para asegurase de que ella entendía exactamente lo que le estaba diciendo–. Y tengo intención de pedírtelo una y otra vez hasta que consiga de ti la respuesta que quiero. Pero si aceptase la oferta de Javier, en los términos que ha establecido, entonces nunca podría demostrar que me casé por la razones correctas.

–¿Y cuáles son esas razones? –preguntó ella con un tono de voz tan áspero como si se hubiera tragado un paquete de hojas de afeitar.

–Que he conocido a alguien que ha cambiado mi vida. Alguien que me hace sentir, que me hace pensar en un futuro cuando antes solo estaba tratando de escapar del pasado. Alguien que me puede ofrecer una identidad nueva y verdadera, en vez de la que creía que tenía y que luego perdí. Una nueva identidad que significa ser un padre para mi hijo y formar parte de una familia de verdad. Todas las cosas que nunca pensé que llegaría a tener.

«Alguien que ha cambiado mi vida. Alguien que me hace sentir, que me hace pensar en un futuro... Una familia de verdad», se repitió ella. Sonaba todo eso tan maravilloso a sus oídos que no pudo contener las lágrimas. Pero tenía que recordarse a sí misma que Carlos estaba hablando de ideales. Que esas eran las auténticas razones por las que él estaría dispuesto a casarse con una mujer. Pero, también, las razones por las que él no se casaría nunca con ella, porque ella no era la persona que le hacía sentirse de esa manera.

Martha se quedó reflexionando un instante y luego creyó recordar que Carlos había dicho algo más. Algo que ella no había captado del todo.

—¿Qué has dicho al final?

Carlos la miró fijamente y ella vio una mezcla extraña de sinceridad y alegría en sus profundos ojos verdes.

—He dicho que si sabías cuántas señoritas Jones puede haber en el norte de Inglaterra.

Pero ¿por qué... me estabas buscando?

Ella no podía creerlo, pero no podía haber otra explicación a su pregunta.

—No podía dejarte salir así de mi vida. Debí haberme quedado para hablar contigo sobre el problema del preservativo y haberte preguntado lo que deseabas hacer en el futuro en caso necesario. Pero, en lugar de eso, tuve un momento de debilidad. Estaba furioso conmigo mismo por no haber sido capaz de controlarme contigo. Había sido capaz de hacerlo antes con otras mujeres. Había sabido decir que no a tiempo. Pero contigo... me resultaba imposible decirte que no. Estaba tan desconcertado y sorprendido por mi comportamiento y mi debilidad que sentí necesidad de salir de la habitación para tomar un poco de aire fresco y despejarme la cabeza. Pensé que tú te quedarías esperándome... Fui un estúpido. Si supieras cómo me sentí cuando volví a la habitación y vi que te habías ido, dejándome aquel dinero...

Carlos se llevó las manos a la cabeza y se echó el pelo hacia atrás, de forma que ella pudo ver la sinceridad grabada en aquellas facciones tan atractivas y varoniles.

—No sabes lo que habría significado para mí que te hubieras quedado —añadió él con una expresión serena y franca.

–¿Lo dices de veras?

Carlos asintió lentamente con la cabeza.

Ella creyó ver entonces algo muy profundo en sus maravillosos ojos color verde musgo. ¿Sería real lo que creía ver en ellos? ¿Estaría tratando de decirle que...?

–Yo estaba huyendo cuando te conocí –respondió él–. Huyendo de las cosas con las que no quería enfrentarme, de las cosas que habían cambiado toda la percepción de mi identidad, de quién era yo realmente. Tú detuviste mi huida. Yo no sabía quién era, pero contigo eso ya no me importaba. Contigo era el vagabundo que viajaba solo con lo que llevaba encima, con lo que estaba a la vista. Contigo podía simplemente ser yo mismo.

–Yo deseaba quedarme –dijo ella tímidamente–. Pero no quería que me dijeras que era una de esas vírgenes pelmas que se aferraban a uno...

Carlos sonrió de forma inesperada. Era la primera sonrisa sincera que ella le veía desde que salió aquella noche de la habitación del hotel con la sombra de la duda estampada en su rostro.

–¡Maldita sea! ¿No se te pasó por la cabeza que tal vez yo quisiera que te aferraras a mí? Si te hubiera encontrado en la habitación podría haber tenido la oportunidad de hablar contigo y podría haber sido el comienzo de algo. Pero cuando volví, me encontré la habitación vacía y en vez de verte a ti, como esperaba, lo único que encontré fue un vestido de novia roto y un fajo de billetes en la mesa. No sabía dónde ir a buscarte.

–¿De verdad intentaste localizarme?

Él asintió con la cabeza de nuevo.

–Volví a aquella carretera donde nos conocimos. La única pista que tenía era que tu boda debería de haberse celebrado en algún lugar cerca de allí. Así fue como di con ese lugar solitario llamado Haskell Hall. Conseguí tu dirección, pero entonces me enteré de que habías dejado el apartamento y lo habías puesto en venta a través de una agencia inmobiliaria.

—¡Fuiste a buscarme! —exclamó ella, con cara de sorpresa, a la vez que de satisfacción.

Siempre había pensado que él se había marchado de allí para apartarla de su vida.

Pero ¿significaba eso algo?

No podía dejar de recordar las cosas que él le había dicho hacía unos momentos.

«Tú detuviste mi huida. Yo no sabía quién era, pero contigo eso ya no me importaba... Contigo podía simplemente ser yo mismo».

Y también las que le había dicho antes de eso: «Alguien que ha cambiado mi vida. Alguien que me hace sentir, que me hace pensar en un futuro».

Eran unas palabras muy hermosas que parecían sugerir...

—Carlos... —dijo ella con voz temblorosa.

—Quiero tenerte a mi lado toda la vida, Martha —replicó él, interrumpiéndola—. Es algo que he sabido desde el primer instante en que te conocí. Pero quería que tú me aceptaras libremente. Por eso reaccioné de esa manera cuando vi que el preservativo estaba roto, porque, si te quedabas embarazada, podrías sentirte obligada a quedarte conmigo solo por nuestro hijo.

Martha no había dejado un solo instante de mirarle la boca mientras hablaba y sentía ahora un deseo loco de besarlo.

—Me llevó mucho tiempo darme cuenta de que lo que estaba sintiendo era el comienzo del amor —prosiguió diciendo él—. Pero ahora lo sé con certeza. No supe reconocerlo entonces. Lo único que tenía claro era que no quería que tú te sintieras coaccionada de ninguna manera. Quería que tú desearas estar conmigo igual que yo deseaba estar contigo.

–Sí, Carlos, claro que deseo estar contigo.

Él echó la cabeza hacia atrás ligeramente, sorprendido por su respuesta.

Martha miró sus radiantes y profundos ojos verdes y sintió que podría perderse en ellos y en el mensaje que le estaban transmitiendo en silencio.

–Quiero estar contigo, Carlos. Y no solo por el bebé, sino porque te deseo. Cuando te dije que no te necesitaba ni quería nada de ti, me estaba refiriendo a que tenía dinero más que suficiente para sacar a mi hijo adelante y que no necesitaba tu ayuda económica. Pero te deseo. Te deseo a ti. Al hombre que eres, al hombre que eras, al viajante vagabundo que me encontré en la carretera y que no llevaba más cosas que las que estaban a la vista...

No pudo seguir hablando. Carlos se acercó a ella y la estrechó entre sus brazos, abrazándola con fuerza contra su cuerpo. Su boca descendió sobre sus labios, disipando con sus besos todas las dudas pasadas y abriendo un camino de esperanza al amor que había expresado momentos antes.

Martha se apretó contra su cuerpo, devolviéndole el beso, poniendo en ello todo su corazón, en una rendida expresión de amor sin palabras.

–Tengo algo que decirte –dijo él, cuando decidieron darse un respiro y se sentaron en la cama, agarrados de la mano, uno al lado del otro.

Martha sintió que su corazón comenzaba a acelerarse. Debía de ser algo importante, a juzgar por el tono con que lo había dicho. Le había dicho antes que no podría casarse nunca con ella si aceptaba la herencia de Javier, en los términos que había establecido. ¿Habría aún alguna cosa más que no le había dicho?

–Javier dijo que me daría El Cielo, pero solo si me casaba contigo, si cumplía con mi deber contigo, haciéndote mi esposa para que nuestro bebé fuera un hijo legítimo. Si hacia eso, me nombraría su heredero universal.

La mirada de Carlos se tornó más sombría y los músculos de su cuello comenzaron a subir y a bajar como si tuviera un nudo en la garganta.

Ella comprendió ahora el estado de tensión en que había entrado en su habitación unos minutos antes. Se había sentido atrapado. Atrapado entre las dos personas que deseaba amar y que deseaba que lo amasen. Él no sabía que ella ya lo amaba.

–Comprendo –dijo ella en voz baja, apretándole la mano.

–Tú lo comprendes todo, querida –dijo él con una leve sonrisa, respondiendo a su apretón de manos–. Por eso comprenderás que no puedo aceptar El Cielo. No lo quiero. Así no. Porque no pierdo la esperanza de que al final acabes aceptando mi proposición de matrimonio. No hay nada que desee más que casarme contigo y tener mi propia familia. Pero, si acepto las condiciones de mi abuelo, ¿cómo podrías saber si me caso contigo solo para cumplir y legalizar a nuestro hijo o porque te quiero a ti y a nuestro bebé sin ningún condicionante? Me gustaría que las cosas pudieran volver a ser como el día en que nos conocimos. Solos tú y yo, sin más que lo que llevábamos encima y... nuestro bebé.

Se dieron otro beso, aún más dulce, que pareció borrar todas las dudas y miedos que podía haber entre ellos.

Martha, puso las manos en los hombros de Carlos, lo miró fijamente a los ojos y creyó ver dentro de ellos todo lo que necesitaba saber.

–Por eso, cuando Javier me propuso nombrarme su heredero si aceptaba esas condiciones, me sentí indignado y lo rechacé de plano, sin pensármelo dos veces. Porque en ese momento supe que todo lo que tú me habías enseñado era verdad.

–¿Lo que yo te había enseñado? –exclamó ella con cara de perplejidad, no pudiendo dar crédito a que Carlos la tuviese en tal alta estima como para poder darle lecciones de algo.

–Sí. Tú me has enseñado que la familia no tiene nada que ver con la sangre ni con el apellido ni con un lugar de procedencia. Ni tampoco con las posesiones ni las herencias. La familia no se basa en ninguna de esas cosas. La familia no es otra cosa que el amor. Y el amor no conoce de cláusulas ni condiciones. No entiende de normas ni disposiciones anexas. El amor es tal como es, sin más aditamentos. Javier no puede comprar mi amor. Ni siquiera con El Cielo. Yo no necesito la hacienda ni ninguna otra cosa para amarte. Porque te amo, señorita Jones. Te amo con todo mi corazón, con toda mi alma y con todo mi cuerpo. Y quiero casarme contigo, por ti misma, no por El Cielo ni por ninguna otra cosa del mundo.

–No juzgues a Javier con tanta severidad –dijo ella en voz baja, tratando de evitar cualquier gesto de enemistad irreparable entre los dos hombres–. De alguna manera, él ha tendido ese puente que necesitábamos para volver a estar juntos.

–Lo sé. Pero podría haber comprendido, como yo, que los lazos del amor son mucho más fuertes que los de la sangre. Sin embargo, aún podría aceptar su oferta y hacerme cargo de El Cielo, si me convences de que no albergas en tu mente ninguna duda de lo que siento por ti.

¿Cómo podía dudar de él si estaba dispuesto a renunciar por ella a lo que había sido el sueño de toda su vida?

—Nada podría hacerme ya dudar de ti. Yo también quiero casarme contigo. Y estoy totalmente segura de que lo harás para cumplir... con la mejor de las razones: el amor. Te amo, Carlos.

—La verdadera riqueza no reside en el dinero. Ni en el mayor o menor número hectáreas de tierra que se posean —dijo Carlos, besándola por todas partes como si no encontrara la forma definitiva de expresarle todo el amor que sentía por ella—. Todo lo que necesitamos es a nuestro bebé. El Cielo podría ser un paraíso en la tierra para nosotros, pero no lo querría si fuera a costa de tener que pagar ese precio tan alto. Contigo, lo tengo todo. Sin ti, no tengo nada.

—Crearemos nuestra propia familia, nuestro propio hogar. Y lo llenaremos de amor —dijo ella—. Tendremos un mundo propio para compartir juntos.

Martha puso las manos de Carlos sobre el vientre, sobre el hijo que ellos habían creado juntos, y vio la mirada de asombro y alegría que se extendió por su cara.

—Tenemos aquí todo lo que necesitamos, amor mío. Todo lo que, de verdad, importa. Construiremos juntos nuestro futuro, nuestro propio cielo.

Bianca.

«Por mucho que me cueste admitirlo, quizás merezca la pena pagar la astronómica cifra que pides por acostarme contigo»

Siena DePiero quizás tuviera sangre azul en las venas, pero jamás le había gustado el opulento estilo de vida de su familia, que no le había provocado más que desgracias. Tras la ruina familiar, el único bien que quedó con el que poder comerciar fue la virginidad de Siena.

Andreas Xenakis había esperado años para vengarse, y estaba más que dispuesto a pagar para conseguir a Siena en su cama. Sin embargo, tras la primera noche juntos, todo lo que Andreas había pensado de la pobre niña rica resultó ser falso.

Perdón sin olvido

Abby Green

Acepte 2 de nuestras mejores novelas de amor GRATIS

¡Y reciba un regalo sorpresa!